当我们谈论村上春树时，我们在谈论什么

彭麦峰◎著

百花洲文艺出版社
BAIHUAZHOU LITERATURE AND ART PRESS

图书在版编目（CIP）数据

当我们谈论村上春树时，我们在谈论什么 / 彭麦峰著. — 南昌：百花洲文艺出版社，2019.8
ISBN 978-7-5500-3336-8

I.①当… II.①彭… III.①村上春树—小说研究
IV.①I313.074

中国版本图书馆CIP数据核字（2019）第157668号

当我们谈论村上春树时，我们在谈论什么
彭麦峰　著

责任编辑　蔡央扬
封面设计　末末美书
版式设计　书情文化
出版发行　百花洲文艺出版社
社　　址　南昌市红谷滩新区世贸路898号博能中心A座20楼
邮　　编　330038
经　　销　全国新华书店
印　　刷　天津中印联印务有限公司
开　　本　880mm × 1230mm　1/32　　印张　8.5
版　　次　2019年9月第1版第1次印刷
字　　数　190千字
书　　号　ISBN 978-7-5500-3336-8
定　　价　49.80元

赣版权登字：05-2019-179

网址　http://www.bhzwy.com
图书若有印装错误，影响阅读，可向承印厂联系调换。

推荐语

没有十全十美的文章，

正如没有彻头彻尾的失望，

作者正确解析了村上春树的精神。

——龙锌乐队

最有实力的诺奖竞争者村上春树，

却屡次与之无缘，这是文学界最大的幽默。

本书从简入手，再现了村上的精髓。

——《吐槽大会》策划、《奇葩说》选手、

脱口秀大咖 宋启瑜

村上春树在山的那边，

我们在山的这边，

本书如同山谷回音，

悠扬有力。

——中国好歌曲选手、诗歌传唱人

PREFACE
前　言

关于村上春树与本书

我们先来看一下村上春树的简介。

村上春树，日本后现代主义作家，1949 年 1 月 12 日生于京都伏见区，毕业于早稻田大学第一文学部演剧科。

村上春树 29 岁开始写作，第一部作品《且听风吟》即获得日本群像新人奖。1987 年第五部长篇小说《挪威的森林》上市，至 2010 年在日本畅销 1000 万册。中国内地简体版到 2004 年销售总量 786 万，引起“村上现象”。

村上春树的作品在世界范围内具有广泛知名度，作品风格深受欧美作家的影响，基调轻盈，少有日本战后阴郁沉重的文字气息，被称作第一个纯正的“二战后时期作家”，并被誉为日本 20 世纪 80 年代的文学旗手。

2017 年 2 月 24 日，村上春树出版两卷本长篇小说《刺杀骑士团长》。小说上卷命名为“念头显露篇”，下卷命名为“隐喻改变篇”。该作品的中译本首印即达 70 万册，由于预售反响不俗又进行了加印。

2018 年 12 月 21 日，村上春树入选 2018 亚马逊中国年度纸质图书作家榜前十，排第 8 名。

村上春树是一代人生活方式中一个具有代表性的符号。他穿纯棉的衣服，对汽车与音乐津津乐道，喜欢跑步。无论是出门沿途短跑，还是参加马拉松比赛，他都能够在跑步中找到巨大的安慰与乐趣。对于中国城市读者来说，想到小说之外的村上春树，会想到他是当年小资群体的鼻祖。在小资已成落伍词汇的时候，村上春树又借助跑步介入了城市读者的日常生活。

就是这样一个作家，一个非常纯正的作家，却与中国正统的文学圈无缘，只是活在深爱村上春树的读者心中。这样一个作家的世界，并不是一个情调伤感的感情世界，而是有着棱角鲜明的智性观点。

村上春树的最基本姿态，不是展露个人的孤独感情，而是一个充满渴望的呼唤姿态。对于这样一个个性独立、作品内容鲜明扎实、对这个世界充满浓重的悲哀与悲悯的作家，现在的文学圈却贫乏得只剩下贴标签的能力了。

而现在，我们要做点儿什么呢？在本书中，我们企图尝试着解读村上春树，通过他的作品吸收一些对我们有用的养分，仅此而已。

要了解村上春树的作品，还要从日本当下的背景下手。村上春树基本上把日本当下的年轻人都写在他的作品里了。

二战后，在美国扶持下，日本的经济实现了一次腾飞。甚至，在房地产价格飙升的年代，整个日本的房价加在一起都能买下两个美国。

可是，这些都是泡沫，经济泡沫让日本经济消沉了几十年。

由此，我们就可以理解了，为何村上春树在他的作品里大多流露出失望与孤独感。在他的笔下，年轻人百般无奈地上班，天一黑就跟同伴去酒吧喝酒，谈一成不变的事，没有出口，没有梦。这是一个多么可怕的景象。他们看不到未来，只能得过且过，像极了当下那个日本。而在如此漫无边际的孤独和失望同时，村上春树的作品往往在最后总能给人以启迪，令人释怀，让人找到正确的道路。这就是它的宝贵之处。这也是本书须要做的事。我们希望找到那些对我们有用的阐述并提炼出来，结合当下社会，给读者以有益的启迪。我们打算这么干：让村上春树的作品跟当下的我们来一次真正的对话。

另外，我们为何一定要选择村上春树的作品进行解读？因为村上春树的小说里到处都可以找到"中国"的符号，如直接把"中国"放到小说名字中的《开往中国的小船》，如《且听风吟》《1973 年的弹子球》《寻羊冒险记》"青春三部曲"里的重要人物中国人"杰"和"死在中国的叔叔"等。

村上春树是日本神户人。神户有"小上海"之称。那里有一批中国华侨。在村上春树求学期间总有几位华侨同学，这让村上春树比其他日本人有更多的机会接触中国人。

在村上春树的小说中，他写到了"战死在上海郊区的叔叔"；而在现实生活中，村上春树的父亲就曾应征入伍参与侵华战争。村上春树在以色列领取耶路撒冷奖发表演说时也提到了父亲在中国打仗的事情。他在演讲中说，经常看见父亲每日早餐前，在家里的佛坛前长时间虔诚地祈祷。父亲告诉村上春树，他是在为那些在战争中死去的人们祈祷。

因此，我们相信，村上春树是了解中国读者的。所以，我们也相信，我们可以跟村上春树的作品来一次亲密接触。

CONTENTS

目 录

Chapter 1

孤独是一种力量

Chapter 2

一切都须要联系在一起

Chapter 3

想到哪里就能到达哪里

Chapter 4

素养与习惯决定一生

Chapter 5

不为小资而小资

Chapter 8

以根为基础成长

Chapter 9

寻找最初的故事

Chapter 1

孤独是一种力量

孤独之所以能成为一种力量，是因为孤独本身存在着极大的思维活动能量。孤独的时候，人的思维是极其活跃的。如果我们用能量来定义，一切活跃的东西只要能够科学地加以利用，它就能变成一种有效、积极的能量。而孤独之所以是一种力量，原因也在于此。我们不妨跟随本章去做一次心的飞跃。

1. 孤独中思考，带你走进现实

当然，水族馆里没有鲸。鲸过于庞大，即使把水族馆毁掉弄成一个大大的水槽也没办法养它。但水族馆里放有鲸的阴茎，也就是所谓的代表物。这么着，整个多愁善感的少年时代我都没看原原本本的鲸而一个劲儿看鲸的阴茎。在阴冷冷的水族馆式甬路散步散腻了，我便坐在寂无声息的天花板极高的展厅沙发上，对着鲸的阴茎呆呆地度过几个小时。

——村上春树《寻羊冒险记》

这是《寻羊冒险记》里面的一段描写。短短的几句话，却能让我们看到了主人公孤独的所在，而这些孤独却来源于对不解事物的思考。可想而知，这是因不解而产生的孤独。这种孤独有区别于不被理解而产生的孤独。因为常人把某件事看得很正常，没有对其进行思考，或者不便于问他人。于是，你的思考便会被人认为是怪癖。对于怪癖，你又无从施问，只好独自一人对这件事进行思考。这正如《寻羊冒险记》里的主人公一样，对鲸鱼阴茎的思考，是那么无奈。但是，这些成长期特有的无奈是有必要的。

在《寻羊冒险记》里，主人公一个劲儿地看鲸的阴茎，其实并非对鲸的阴茎感兴趣，而是对鲸感兴趣。

村上春树本人，也是一位喜欢在孤独中思考的人。他的这种思考甚至给他带来了革命性的改变。

29 岁那年，一场球赛成为改变村上春树命运的转折点。他在加州大学伯克利分校的一场演讲上这样表示："1978 年 4 月，有一天，我突然想写小说……当天下午，我正在看棒球。坐在外野区，一边看一边喝啤酒……我最喜欢的球队是养乐多燕子队，当天是和广岛鲤鱼队比赛。养乐多燕子队在一局下半场上场的第一棒是个美国人，大卫・希尔顿（Dave Hilton）……我记得很清楚，他是当年的打击王，总之，投出的第一球就被他打到左外野，二垒安打。就是那时我起了这个念头，我可以写一本小说。"

球赛结束后，村上春树开始到文具店买了钢笔和纸，创作他的第一部小说《且听风吟》。每天村上春树与妻子经营的爵士乐酒吧打烊后，他就在厨房写作，一写就是两个小时。但由于写作时间有限，间接造成第一本小说句子和章节都很短。完成这部小说大约花了村上春树六个月的时间。村上春树将作品投到文学杂志《群像》，并参与了新作家文学竞赛，初试啼声，结果一举赢得 1979 年的群像新人奖。

村上春树常说，如果当初没有得奖，后来可能也不会写小说了。之后村上春树应出版社之邀，先交出了一些短篇小说、翻译作品和散文，隔年完成第二部长篇小说《1973 年的弹子球 》，接续《且听风吟》，描述主人公们后来的遭遇。

从此，村上春树走上了成为日本大文豪的光辉道路。如他本人所说："没有彻头彻尾的失望，也没有十全十美的文章。"而让当时已经对文学失去希望的他有这么大转机的原因，完完全全归功于那场橄榄球比赛。至于为何那场球赛让他产生了写作的欲望，我们不得而知；我们只知道，他是在喝着啤酒、无聊、孤独的日子里，脑子里在思考一些什么的时候，才有了这么大的决心。

孤独，在很多人看来是一个消极的状态，但是，他们却忽略了孤独潜在的力量。很多时候，人总是在孤独的时候崛起。因为孤独里面隐藏着一股蓄势待发的力量。

当然，如果正确地利用这股力量，你将会过关斩将；而如若一味地在孤独中彷徨，也许你就如一缕烟雾一般消失在希望的旅途中，一无所获。

那么，结论来了，如何让自己在孤独中产生正能量？如何让自己如村上春树一般——在球场旁边喝着啤酒、百般无聊地看球赛的过程中突然决定写作？

为此，我们需要做一些心理上的调节，再结合现有的环境，一起把那股潜在的力量激发出来。回到我们的主题，思考。无疑，我们所说的方法是思考。当你孤独的时候，积极的思考才能够激发正能量和自身的潜力。

心理过墙梯

心理调节是一门艺术。当我们结合思维，运用一些科学手段制造出一个积极氛围时，孤独便可以减退。当然，以下这些手段都得靠孤独者本身去积极探索和尝试才有效。相反，靠他人引导，其效果甚是微弱。所以，我们主张孤独者能亲身去体验这些方法。

抛弃自暴自弃，思考便变得积极

孤独往往会产生两种情绪：一种是静静的思考，以方法论的态度去思考；另一种是陷入绝望的孤独中自暴自弃。这两种情绪中，第一种是积极的，会随着思考的过程而产生积极的能量。或是做出一种决心，或者得出一种解决问题的方法。而第二种往往会使人失去方向，乱了方寸，使问题放大化，最后得不到解决。

所以，当我们孤独时，切忌自暴自弃。要用积极的思维方式去思考和分析问题。只有如此，才能将自己从孤独中解救出来，找到那个属于你的最大能量。

孤独时，及时衡量你的决心

在这个可以任凭个体随意游走的社会里，很多人并不怕孤独，因为孤独刚好提供了这么一个氛围——属于自己的空间、时间。但是，孤独一旦泛滥，人们便开始慌了，不知道如何收场。其实，这里有一个很好的方法，即在孤独的时候仔细衡量自己的决心。这样的目的是为了让自己的决心更加坚定起来。随着衡量决心的过程，你会发觉，孤独悄无声息地消失了，换来的是一种更加强大的决心。这就是孤独时及时衡量决心的力量。

另外，我们应该记住，不管你的决心如何强大，经过孤独的思考这个过程后，那个决心将会变得更加清晰。你会清楚地明白，那个决心是否真的要一直坚持下去。这也是孤独时及时衡量决心的作用。

孤独时，伴随思考随便走走

孤独，表面上是安静的，其实内心是躁动的。内心，这个东西很奇怪，它从不逆来顺受。你只有顺着它，它才能在某个时刻接受你。比如，孤独时，它躁动的时候，你就要跟随躁动起来，之后它便安静了。所以，当你孤独时，你多多走动，便会逐渐安静下来。在这个过程中，你的一切思考都会变得积极起来。如此，正能量再次激发了，从而有效地避免了孤独时产生的负面情绪，或者消极行为。

2. 寻找那份一样的孤独，互补性地强大起来

她通过手拉手向我传达了这一点，告知我现实世界中的确存在那样的场所。在那十秒之间，我觉得自己成了一只无所不能的小鸟。我能在天空飞翔，能感觉到风力，能从高空看远处的景物。由于太远了，具体有什么无法看得一清二楚，但我感觉得出它就在那里，我总有一天会到达那里。

——村上春树《国境以南，太阳以西》

以上是《国境以南，太阳以西》第一章节里的内容。从这段文字我们可以想象得出，两人手拉手地彼此找到了一个相通的点，并透过这个点得到释怀。这是因为彼此孤独着。当这种孤独被认定为彼此相同的孤独时，两人便可以得到安慰，并相互释放出正能量，让这种孤独展现出积极的一面。

其实，主人公的孤独来源于自身的特殊性，找不到依存或者相互作用的话题。一旦找到了跟自己有着相同的孤独感的人，那么，他们就可以得到一些力量，相辅相成。所以，作者这样叙述："同她在一起，我没有同别的女孩子在一起时那种心神不定的感觉。我喜欢同她搭伴走路回家。岛本轻轻拖着左腿行走，途中有时在公园长椅上休息一会儿，但我从未觉得这有什么妨碍，反倒为多花时间感到快乐。"

在现实社会中，有类似孤独症状的人很多。他们共同拥有一份孤独的原因、孤独的状态。比如，两个失恋的人，第一时间接触会少了很多孤独的感觉，并在心底对生活多了些希望。天才也是如此，在众人中他们是那么孤独。但是，一旦两个天才相遇，他们内心便开始明朗起来，迸发出百倍的力量，从而能够更加充分地发挥他们的智慧和创造能力。这也是为什么高素质群居的人比混合群居的人作出的成绩更大的原因。比如北大，全是优秀生，当他们在一起学习生活时，他们会比高中时发挥的能量更大。

在《国境以南，太阳以西》第一章中，主人公表示，自己童年时，曾有过这么一种孤独——自己是独生子，其他孩子认为他体弱多病、极端任性。总之，各种情况都跟家里有几个孩子的其他人不一样。所以，他常常觉得自己跟别人不一样，于是便被人们排斥。孤独感由此产生。

但是，幸好有一位女同学跟他的条件差不多，家里也是只有她一个孩子。于是，两个人自然而然地交往起来，成为朋友。在交往的过程中，两人相互得到了该得到的那份温暖，并且感到快乐，于是孤独感消除了。

尽管两人后来不能在一起继续交往，但是，他们彼此却一起度过了那个孤独的童年，那个他们彼此都认为不完整的人生。他们以同是独生子女的身份一起交流，虽然彼此表现淡淡的，但那些淡淡的、轻轻的抚慰，给他们的童年增添了一些快乐。于是，两人都很满足地度过了自己的童年。一直到初中、高中、大学，他们都怀念这段童年的经历。主人公在后来的描述中这样写道："不去见岛本之后，我也经常怀念她。在整个青春期这一充满困惑的痛苦过程中，那温馨的记忆不知给了我多少次鼓励和慰藉。很长时间里，我在自己心中为她保存了一块特殊园地。就像在餐馆最里边一张安静的桌面上悄然竖起‘预定席’标牌一样，我将那块园地只留给她一个人，尽管我推想再也不可能见到她了。”

这是主人公对那段经历的一种认可，它在内心留下了宝贵的东西，这是积极的一面。主人公回忆起两人相处的感觉时，认为他们也许没有轰轰烈烈的友谊，但那种淡淡的慰藉，足以让他们起码快乐地度过了他们的童年，不至于认为那是不完整的东西。两人交往时，主人公这么描述两人的感觉：“她无疑是早熟的少女，无疑对我怀有作为异性的好意。我也对她怀有作为异性的好感。可是，我不知道到底该怎么办，岛本大概也一样。她握过一次——仅一次——我的手，握法就像当向导时说‘快请这边来’那样。握手的时间也就十秒钟左右吧，但我却感到有三十分钟之久。她松手时，我还希望她继续握下去。看得出，实际上她也很想握我的手，尽管她拉过我的手时显得很自然。”这正是他们渴望得到的友谊，而不是彼此排斥。

孤独的时候，往往会产生一段难忘的友谊。这段友谊之所以难忘，是因为彼此的孤独找到了出口。原以为这样的孤独是多么没有希望，但自从两个有着相同的孤独的人相遇之后，他们彻底放弃了原来的对自身孤独的认识，重新衡量了自己的那种孤独。瞬间彼此得到了慰藉，这是至关重要的一个转折点。

所以，当我们孤独的时候，应该尝试着去找到那个与你有着相同的孤独的人或者事物。

心理过墙梯

那么，到底如何才能找到与自身孤独相同的人或者事物呢？找到之后又该如何从对方身上汲取温暖或者相互取暖呢？这是每个孤独的人须要思考的问题。

了解孤独的来源

很多人恐惧孤独，当孤独来临时候就会一味地用各种方式来麻醉自己。很显然，这是不科学的。正确的方法是，应该尽快去找到那个与你一样孤独的人或事物。所以，在此之前，先了解自己的孤独来源，才能更好地找到那个与你一样孤独的人或者事物。

找到自己的孤独来源，其实是一件很难的事。事实上，找原因远比找结果困难；但是，一旦找到原因，大多数问题都能解决。所以，当找到孤独的原因后，你会下意识地往你的“同类”靠拢，因为你下意识地需要“同类”的慰藉。总有一天，你的孤独会在无数跟你有着相同孤独的人或事物的慰藉下消失，你也会因此而变得积极、向上、快乐。

善于倾诉孤独

对于孤独者来说，倾诉是必要的。如果一个孤独者失去了倾诉的欲望，那么，这位孤独者势必变得精神麻木，甚至有可能成为精神病患者。所以，在这里有必要倡导孤独的人们多进行交流、倾诉。这样做的目的有两个，一是得到释放，二是方便找到你的“战友”，即跟你一样有着同一种孤独的人。

大家都知道，语言是人们交往的桥梁。缺乏语言交流，彼此便陌生起来，更谈不上寻找到与你一样有着同一种孤独的人了。所以，孤独的人可以尝试倾诉，哪怕是别人厌烦你的倾诉，你也要继续向下一个人倾诉。说不定，下一个人也是孤独的。这时，你们就可以更好地交流了。而远离孤独的愿望也就得以实现了。

观察别人的内心

一个孤独者一般表现得异常敏感。不敏感的情况也有，但这种情况仿佛已经超越了孤独，开始趋向于麻木。所以，孤独的时候，是最容易观察他人内心的时候。这个时候，如果加上细心观察，你会感觉到对方是否跟你有一样的孤独内容。

村上春树在《国境以南，太阳以西》里有过这么一句描写：“现在仍真切记得当时她的手的感触。它同我所知道的任何感触都不一样，同我其后所知道的任何感触也不一样。”对于这样的感觉，那不是一般情况下可以感觉到的，而是在孤独的时候，遇到了与你有相同孤独内容的人的时候，自然地表现出的敏感。所以，这时候，你的观察力是最强的。善于去观察，更是可以感受到彼此。要积极地利用这种孤独时给予你的能力。而正是在这种能力的促使下，你往往能找到与你同样孤独的人，从而得到慰藉。

3 品味自己，一切都清晰起来

我常常光身站在浴室镜前，花时间仔细查看自己的身体。显而易见，自己的身体正在发生意想不到的急剧变化。我为之欢欣鼓舞。倒不是欣喜自己一步步向大人靠近，较之成长本身，不如说更是为自己这个人的蜕变而欣然。我高兴自己不再是往日的自己了。

——村上春树《国境以南，太阳以西》

人要学会品尝自己，如若不然，势必对自己认识不够，一旦须要做出与外界“交战”的决定，势必吃亏。在《国境以南，太阳以西》的第二章，书中主人公就是一位注意品尝自己的人。由于一直以来被人以“是独生子女”的眼光看待，于是多少受人排斥，孤独的他一直认为，他与其他人是不一样的。在这样的情况下，主人公想着自己能快点儿发生一些什么变化，以此来改变现有的格局。没错，此时，主人公初君有变化了，对照着镜子，发现自己的肩膀变宽了，其他部位也有了一些变化。为此，初君觉得无论如何，十六岁的他，已不再是那个体弱多病的少年了。作者这样描写道：“即使不巧暴露自己是独生子，好像也没人当回事了。看来我已经——至少表面上——挣脱了独生子这个紧箍咒。”

就这样，书中的初君从品味自己开始，慢慢地抛去了对于身为独生子的恐惧，甚至觉得自己多少有些伟大，因为他也开始有女朋友了。孤独悄然消失，伴随而来的是无限美景。

当然，品味自己并非仅从自己的身体入手，更多的是品味自己的思想变化过程。当一个人认识到自己和以前有不同的地方时，想必他已经进步了。所以，完全有理由相信自己是伟大的。而认识到自己有进步的时候，肯定会认识到这一进步过程是如何艰辛。那么，经验就有了。一个人有了经验，能量往往得到几倍的增加。这一点是不可否认的。所以，一个人要懂得品味自己，这样才能有阶段性的进步。谁说人生不是阶段性地一点点成长的呢？正如村上春树说的那样："事物这东西要通过阶段性地叠加一个个具体图像方能获得进展。"

在《国境以南，太阳以西》的最后一章里，主人公跟妻子交代了出轨的事实。之后又经过苦苦的内心挣扎，主人公突然看清了一切，并无比坚信地认为，不能跟妻子分手。而在看清这一切的瞬间，主人公对着镜子看着自己的身体，他看到的是自己不断发育，每天都有新变化的身体。正如作者所说："每当立于镜前，我都能够看出自己身体的变化，安静的夜晚里甚至能够听到肉体发育的响动。我即将身披新的自己这层外衣踏入新的场所。"

随后，主人公开始了新的生活。作者这样描述道："天早已大亮，女儿们得起床了。她们比我更强烈更迫切地需要新的一天。我应当走到她们床前掀开被子，手放在柔软而温暖的身体上告知新一天的到来。这是我的当务之急。然而，我无论如何也无法从厨房桌前站起，似乎所有气力都已从身上消失，就好像有人悄悄地绕到我背后轻轻地拔去我的体塞。我臂肘拄着桌面，双手捂脸。黑暗中我想到落于海面的雨——浩瀚无边的大海上无声无息地、不为任何人知晓地降落的雨。雨安安静静地叩击海面，鱼们甚至都浑然不觉。我一直在想这样的大海，直到有人走来把手轻轻地放在我的背上。”

是的，此时的主人公显然清醒了许多。他积极地品味自己，看清了事实。他知道，人不断地需要一些新的东西。于是，对于那些痛苦的记忆，他只能试着去接受或者承担起来。在无可奈何的痛苦中，主人公进入了另一种境界，即责任与理想并存的生活世界。

当然，现实中陷入孤独的人，或许不会像村上春树笔下的人物形象那样主动地去欣赏自己，相反，他们是在懊悔、憎恨自己，心里无时无刻地有着这样的思维——如果时间能倒退，也许我不会走到今天这一步。而事实上，孤独已经生成，我们应该积极面对。这个道理似乎谁都明白，但是，就是提不起精神去面对。这就是孤独的可怕性。

心理过墙梯

村上春树的作品告诉了我们一个方法，只要能够做到自己品味自己，那么，孤独将会消失，世界将会瞬时间变得清晰起来。如何才能做到品味自己呢?

心灵回到自己身上，品味自己

当一个人陷入孤独时，思维会因孤独本身而越想越糟糕。比如，失恋，人们想的最多的是对方如何如何，或者想两人相处时如何如何，于是产生了一种依恋对方的心理，而又不能完成复合的愿望，于是开始孤独。这是一般孤独者的心态。

但是，当我们换一个思维方式去对待时，事情就好办多了。将思维的落脚点放在自己的身上，品味自己，积极地去发现自己好的一面。比如，对着镜子看自己的身体，如此完美，感觉无时无刻都会有新的变化产生一般，于是你会忘掉那些让你孤独的东西。为了镜子里的那份完美，你会觉得明天将会有许多新的东西出现。如此，希望降临了，孤独也就消失了。

跟人多比较，发现自己

对比，是一个排解孤独的方法，也是实现自我品味的最佳方法。因为人通过对比，会发现别人和自己不一样的东西，而同时也会发现自己身上跟以往自我了解的不一样的东西。比如，你一直以为自己的学习很差，但是，通过考试跟人比较，你发现你的成绩比别人好，那么，自然打破了你原来对自己的认识。于是，你开始不觉得自己很差了，从而成功引发了自我品味的新思维。

在村上春树的小说里，品味自己的细节有很多。比如，村上春树小说里面的主人公，总是照镜子，或者故意把自己跟另外一个人对比。这些都是自我品味的表现，是一个人排遣孤独的方法。

乐观，自我品味的开始

乐观是什么？乐观是一种生活态度，也是最为积极的性格因素之一。乐观就是无论什么情况下，也能够始终保持良好的心态，也始终保持相信坏事情总会过去，相信阳光总会再来的心境。

这好像在说废话，就像有人问你，为什么身体会生病，如何是好？你回答：“不生病就可以了。”也就是说，对于孤独的人来说，很多人都知道，只要乐观，什么孤独啊等等都可以看得开。但是，这里面有些细微的不同，看得开是一个主动、主观的行为，不是客观的。所以，有时候人虽然表现出乐观，但还是摆脱不了孤独的本质。于是，很多人不喜欢在孤独的时候乐观，或者乐观不起来。但是，乐观本身是有推动作用的，其作用在于能改变人的思维方式，产生自我品味的思维。比如，如果一个人试着去乐观，那么，他就会做出一些乐观的自我评价，于是，开始慢慢地品味自己，最终孤独伴随着自我品味，悄然地消失了。

4. 当你独自跑步时，谈谈孤独

现在是坚忍地累积奔跑距离的时期，所以眼下还不必介意成绩如何，只消默默地花上时间累积距离。想跑快点就适当地加速，不过就算加速也为时甚短，只想将身体感受到的愉悦尽量维持到第二天。

——村上春树《当我谈跑步时，我谈些什么》

村上春树在第一本类似自传体的文稿《当我谈跑步时，我谈些什么》一五一十地阐述了作者本人关于跑步的故事以及跑步所能给他带来的快乐。是的，我们看到最多的是作者只单纯地想通过跑步获取快乐。沉静下来，试想跑步这项运动，其本身就透露出一种孤独、无聊、单一的气息。作者选择这项如此单一无聊的运动，并非偶然。这项运动的运动者须要具备如下性格特征才能坚持下去，安静的，孤独的，不喜欢与太多人一起合作的性格。所以，我们大胆地推断，作者本身或多或少属于安静型人物，甚至达到了平静的水平。所以，作者乐于将跑步这项无聊的运动坚持下去。而且，在此过程中，作者还能享受到跑步的乐趣，这实在是难能可贵的。

作者通过这种激烈运动，从累积距离中找到了乐趣。其实，这也是一种排遣自身孤独的方式。有意识地利用“积累距离”的游戏来填充自己的脑袋，把多余的、不可收藏在脑袋里的孤独排挤出去。在生活中，这样的方法叫发泄。

找到合理的发泄途径无疑是对抗孤独的好办法，而那些粗暴的发泄仿佛不能促进对孤独本身的思考。因为粗暴的发泄只能使孤独表面上得到一时的缓解，而得不到彻底的根除，其原因在于没有促进思考。相反，类似村上春树那样的发泄方式刚好给了孤独者一个完好的思考空间，在发泄的同时也得到了思考。所以，我们说，如果你找到一种既可以发泄，又促进思考的发泄方式，那么，孤独将得到有效解除。

在《当我谈跑步时，我谈些什么》的第一章里，作者提及他给自己设定了每个星期、每个月的跑步目标——每个月跑两百六十公里。如此这般，每个月坚持。

对于村上春树来说，运动习惯早已经成为他日常生活方式的一个重要部分：晚上 10 点前睡觉，早上 5 点前起床，先伏案写作四五个小时，然后出门开始长跑。据他自己说，长跑对于喜欢独处的自己而言有着极大的乐趣，不必与人说话，必揣着录有摇滚音乐的 MD（迷你磁光盘），然后随意地看，默默地跑，尽可能地跑得远远的。

村上春树回忆起夏天在新英格兰的一次长跑。他说："新英格兰的夏天，远比不曾体验的人想象的难熬得多。虽然也有凉爽的时光，不过令人难以忍受的炎热的日子随即到来了。有风儿吹拂的时候，还算好的。一旦风儿停息，从海上便飘来雾一般的湿气，犹如潮湿的薄布缠裹住人。顺着查尔斯河滨跑一个小时，就仿佛用水桶泼过水，身上的每一样东西都被淋漓的汗水打得透湿……可是当你不顾一切地坚持跑完，便觉得仿佛所有的东西都从躯体最深处挤榨了出来……"

基于这个理由，村上春树坚持每天跑步。从 1982 年的秋天开始跑步，（截至 2005 年）坚持跑了将近 23 年。他几乎每天都坚持慢跑，每年至少跑一次全程马拉松，到 2005 年为止共跑了 23 次，还在世界各地参加过无数次长短距离的比赛。村上春树说，跑长距离适合他的性格。只要跑步，他就能感到快乐。同时，这也使他的身体和精神朝着良好的方向得到强化。

从村上春树的跑步故事，我们可以看到一位一个劲儿跑步的作家的感受，他感受最多的是快乐、挤榨、得到强化。这几个字眼儿很好地说明了运动带给人的某种益处。当然，我们不能只关注跑步本身，我们要从全部运动的角度来看待。

既然跑步能给人带来快乐，孤独的你为何不选择去跑步或者做些运动呢？因为运动是一种挤榨内心废弃思维的很好方式。通过这些还可以使自己朝着良好方向强化自己。这是积极科学的方法。作为孤独者来说，要打开心结，使静谧的心得到解放，须要我们重新运动起来。如何激发运动的欲望，便成了孤独者自我解救的重要需求。

心理过墙梯

行动可以让孤独者得到发泄，那么，我们应该如何借助行动来使孤独感减轻呢？

其实方法有很多，只要我们采取科学的行动，配合思维加以运用，孤独是可以减退的。

借发泄来发挥运动时的思考

孤独者希望发泄，因为发泄可以让抑制在内心的不快得到释放。但是，大多数孤独者是理智的，知道随意发泄是一种粗俗的行为，于是选择默默的承受。然而，只要找到一个合理的发泄方式，想必大多数人还是希望去发泄的。

孤独，是一种被压制在内心无法释放的心理问题，只有适当的发泄才能使其得到解压。一般而言，安静类型的释放是最好的发泄方式。比如跑步、游泳、打乒乓球等比较安静的运动，最适合孤独者发泄。这些运动方式在让孤独得到释放的同时，有足够的空间让孤独者进行思考。这种发泄和思考相结合的方式恰恰是孤独者最需要的。所以，当我们借助这些安静的运动来发泄时，我们就应该在孤独中享受那种思考。这样的思考是快乐的，是能促进人进行自我变革的。

走出屋子，让思维活跃起来

孤独者的思维是有定式的，所以容易被困在孤独的状态中。为了摆脱被困，我们必须找到一个出口，让自己的思维开阔起来。而空间跟思维有着不可忽视的联系，所以，转换空间是最好的方法；但是，仅仅变换空间又会导致思维被困在另外一个新的空间里。于是，我们可以考虑连续性地变换空间。

要做到连续性地变换空间，最好的办法就是跑步。因为跑步会让地域随着跑步而变换，如此一来，思维便开阔起来了。那么，孤独也就随之变淡了。

提高体能，孤独悄然消失

孤独者的特点之一是，当孤独的时候思维特别发达，而行为动作会有所“退化”。但是，思维越是发达，孤独才越是深化。为了打破这种趋势，我们要用另一种东西来击退这个使人孤独化的思维，那就是行为。我们要极力让行为活跃起来，这样才能有效地淡化孤独。

为了活跃行为，我们须要运动，而你要找到一个理由去做运动，这样你才能主动行动起来。这个理由便是体能训练。体能训练可以使你的体能得到提升，所以，很多人愿意为了体能而去做运动。换句话说，当你孤独时，你越是希望提高体能，你就越有动力去做运动。那么，你的思维就会开阔起来，而孤独感也会因为运动而被淡化。

5. 自我，个体时代下制造孤独的产物

就像每一个人都有他独特的走路方式一样，感觉、思考和看法也都有不同的地方，即使想改正也不是一蹴可及的。如果勉强修正，恐怕别的地方又会变得很奇怪。

——村上春树《挪威的森林》

自我，是隔离外界或者排斥外界的一个表现。得出这样的表现，完全在于自我的人内心对自我以外的东西或多或少都觉得奇怪，所以会有意识地去与外界区分开来。因为有了与外界区分的意识，所以导致了他得不到广泛的交流，即便交流也是流于表面，没能真正从情感上满足性地交流。于是孤独感油然而生。这是由于自我导致的一种孤独现象。

在村上春树的作品里，我们经常可以看到一些自困于自我心理的人物出现。他们常常只活在自己的世界里。其实，他们也不愿意这样，但是又极度不愿意接触外界。于是，他们在孤独和痛苦中度过。本节开头的导语，其实是《挪威的森林》里一个精神病患者写给主人公信中的一段话。从这段话中，我们可以看到作品中人物的内心挣扎过程。他无法改变对外界的看法，于是只好改变自己，但是，即便改变了自己，又觉得哪里怪怪的。所以，他无法达到与大众交流、浑然一体的和谐状态。于是，孤独伴随着他。

现实中，很多人都会犯这样的错误。特别是在今天这个个体崛

起的时代，每个人的思维习惯都不一样，他们可以自由地表达自己的主张、意见等。正是有了这些允许，自我的心理才得到助长。所以，孤独日益增多。

村上春树的《挪威的森林》里，有这么一个故事。

小说主人公结识了一位精神病患者，于是前往精神病院看望这位朋友。主人公发现这个朋友跟普通人没有什么不一样。起初，主人公还不了解这位朋友的心理到底哪里出了问题。包括读者，也仍不太明白这位精神病人到底哪里出了问题。

主人公离开精神病院后，有一天他收到了精神病院的朋友来信。通过这封信，我们仿佛明白了这位朋友到底哪里出了问题。信的内容如下：

我在这里还打网球和篮球。篮球队是由患者（虽然这个字眼很讨人厌，但是也没办法）和工作人员组成的。不过，由于全心投入比赛中，我会渐渐忘记谁是患者，谁是医生。那真是很奇怪的感觉。虽然说很奇怪，但是一边打球一边看周围的人，就会觉得每一个人都是同样扭曲的。

有一天，我把这个看法告诉主治大夫。他对我说，我的这种感觉在某种意义上是正确的。他说，我们到这里来，不是矫正扭曲的，而是来学习适应那种扭曲的。他又说，我们的问题之一，就是无法承认并接受那种扭曲。就像每一个人都有他独特的走路方式一样，感觉、思考和看法也都有不同的地方，即使想改正也不是一蹴可及的。如果勉强修正，恐怕别的地方又会变得很奇怪。当然，这是很单纯的说明，而且，只不过是我们问题中的一小部分，但我还是了解他所想要说的。或许，我们是真的无法适应自己的扭曲吧！所以就没有办法把这种扭曲所引起的真实痛苦好好地加以定位，因此只好远离它，进到这里来。在这里，我们不会去折磨别人，别人也不会折磨我们。为什么呢？因为我们每一个人都知道自己是“扭曲”的。这就是这里与外面世界完全不同的地方，外界有很多人都不晓得自己是扭曲的。但是，在我们这个小小的世界里，扭曲正是一个前提条件。我们就像印第安人那样在头上插着代表本族的羽毛，承认自己的扭曲，所以能够不伤害彼此地安静度日。

从以上的这封信件中，我们看到了来信者的痛苦。她只有在这个小小的精神病院里才能“正常”地生活下去。

也许，以上故事说得有点儿夸张；但是，仔细想起来，我们也遇到过类似的人。在生活中，有一些有点儿见识但又做不出什么成绩的人，见到什么事或者人都要大肆批评、讽刺一番，语言华丽、艺术，但是自己却活得一塌糊涂，生活穷困潦倒。这是为什么呢？这是因为他们大多过于自我，不屑于社会的一切，以自我为中心，看哪儿都不适应、不符合他们的观点。于是他们处处碰壁，剩下的只有怪异的行为、语言，其实他们自身孤独无比。

既然自我是导致孤独的一个因素，这就意味着，想要快乐地生活，我们不可过于自我。因此，避免陷入自我的泥潭，就成为解决孤独的一个手段。走出孤独，从不自我开始。

心理过墙梯

自我，是孤独形成的一个重要原因。为了尽快地消除孤独，我们必须学会在社会中做到不自我，使自己完全地融入到社会中，成为社会的一分子。因为如果过于自我，你将脱离社会，变得孤立无援，也就是孤独。

那么，下面我们来学习一下如何摆脱自我的性格，从而建立快乐、积极、温馨的心理环境。

三人行，必有我师焉

“三人行，必有我师焉。”出自《论语·述而》，意思是三个人当中必定有一个是可以做我师父的。这是一个大家公认的真理。但是，很多人却偏偏要违背这个道理，认为自己是最厉害的，所以全盘否定他人。

如果你能意识到自己有不足的一面，也就没必要自我了。因为自我的源头在于认为自己是最厉害的。如果意识到自己有不足的一面，那么，内心产生更多的是谦虚，而不是自我。一旦自我的性格被抛弃后，孤独也就消失了。

走进群众，商议与抒发

很多人的语言表述是有问题的。这些问题不在于语法上面，而在于表达方式上。所以，这造就了这些人无法跟外界接触，从而逐渐形成了自我的性格。

要想从根本上解决这些问题，只有一个办法，就是把原来的抒发性语气转变为商议性语气。很多人说话带着个人主义或者自我的情怀在滔滔不绝地说个不停。他的唯一目的是，“大家都要听我的”。这是一种自我的习惯。而那些不自我的人，他们说话往往带有商议性的语气，比如，在语句后面多加一句：“你们觉得呢？”这样可以使自己进入与群众相呼应的氛围，彻底把自己置身于群众或者社会中。所以，要做到不自我，就要从语言方式下手，逐渐让自己适应社会，消除孤独。

6. 孤独，欲望变大

有一段时间——10 年前的事了——我不管三七二十一，逢人就问自己生身故乡和成长期间住过的地方的事。那个时代似乎极端缺乏愿意听人讲话那一类型的人，所以无论哪一个都对我讲得十分投入。甚至有素不相识的人在哪里听说我这个嗜好而特意跑来一吐为快。

——村上春树《1973 年的弹子球》

有时候，孤独是一种蓄势待发、属于酝酿中的状态。它默默地潜藏在心里，痛苦地埋藏着。为了解决现有的这种痛苦，于是当事人开始四处寻找出口。这种状态所散发出来的力量是很大的，表现在那种孜孜不倦的执着态度上。因为这种欲望只要有一天没实现，那种痛苦就将始终伴随着，所以人会孜孜不倦地寻找出口。

村上春树在《1973 年的弹子球》里就有过这样的描写。在主人公的童年时代，曾一个劲儿地喜欢听人讲故事，目的在于了解自己的生身故乡和成长期间住过地方的事，仅此而已。这种潜在的行为，并非是有意识的或者有目标的，只是潜意识中想满足内心的欲望而已。有时候，当事人对这种欲望也不太清楚，反正是根据内心需要，一个劲儿地行动。以至于作者描写了这样一个给他讲故事的人：他的座右铭是“行动决定思想，反之则不可”，至于什么决定行动，却无人指教。作者之所以这么描写这个讲故事的人，是因为自己也在潜意识驱使下行动着。他以为自己的行动决定了思想，其实真实的情况是：思想、情绪决定了他的行为。这就是孤独时所产生的欲望，一种看似正能量的孤独。

话又说回来，凡事都有其两面性。以上所说的这种孤独中的欲望，也有可能会造成偏激行为。比如，有人会因为孤独而成为虐待狂或者杀人犯等。所以，当出现孤独症状的时候，我们应该采取一些正确的心理调整方法，使自己在孤独中所产生的欲望得到满足，情绪得到发泄。在村上春树的文章中有一个人的故事真实地体现了这种孤独催生的欲望的力量，我们去看一看。

在《1973年的弹子球》里，村上春树一如既往地采取第一人称的方式，十分直白、一五一十地讲述了一段故事。其中，从第一章开始，村上春树便给读者讲述了几个人的故事，这几个人都是给主人公“我”讲故事的人。这些给他讲故事的人五花八门儿，正如原文说的一样：

他们简直像往枯井里扔石子一样向我说各种各样——委实各种各样——的事，说罢全都心满意足地离去了。有的说得扬扬自得，有的则怒气冲冲；有的说得头头是道，有的则自始至终令人不知所云。而说的内容，有的枯燥无味，有的催人泪下，有的半开玩笑、信口开河。但我都尽最大努力地洗耳恭听。

原因固然不得而知，反正看上去人人都想对一个人，或者对全世界拼命传达什么。这使我联想到被一个挨一个塞进纸壳箱里的猴群。我把这样的猴们一只只从箱里取出，小心拍去灰尘，“呼”一声拍打屁股放归草原。它们的去向我不知道。肯定在哪里嚼着橡树子什么的，然后一只只死掉——命运是奈何不得的。

其实，让“我”产生这种感觉的原因在于有很多人也在潜意识驱使下发挥内心因孤独而产生的欲望，于是不自觉地以各种形式的欲望表现出来，有的可能希望这个世界和平，有的希望在外星球生活……诸如此类，他们就很希望跟人聊天来刺激那份孤独的欲望。

而对于“我”，他极力想找到他心中的那个地方，于是极力去倾听他人的故事。即便理智告诉他不可能会有那样的地方，但还是不自觉地听了起来，从而形成了习惯。这样的孤独是积极的，它能刺激人去探求。而从某种层面分析，那些讲故事的人的欲望多少也是积极的，因为起码促进了交流。

所以，“我”在跟一个叫直子的人聊天后，就真的去寻找直子说起的那个车站，直接从欲望进入行动。他最后去了一个地方，发现了弹子球机。借用这个机器，“我”给自己喜欢听别人讲故事的怪毛病做出了解释。原文是这么说的：

重来、重来、重来……甚至使人觉得弹子球游戏存在本身即是为了某种永恒性。关于永恒性我们所知无多。但可以推测其投影。弹子球的目的不在于自我表现，而在于自我变革；不在于扩张自己，而在于缩小自己；不在于分析，而在于综合。假如你想表现自我和扩张自己，那么，你恐怕将受到警示灯的无情报复。祝你玩得愉快！

这不正是“我”希望的吗？寻找自己出生地的故事，了解自己成长过程中住过的地方，那正是想极力挽留过去的欲望，一种希望时间能够永恒、回到过去的欲望。

生活中，很多人都像《1973年的弹子球》里面的主人公一样，喜欢寻找一些过去的东西，人、地点、故事等，反正多少对过去有些留念，并多少成了潜意识中的一种欲望。但是，没有人会像书中的主人公一样执着地去为了满足这个欲望而付出。那是因为现实社会约束了他们。但这不代表他们内心不存在这样的欲望。

这种欲望是需要发泄的，但也不可过度发泄，所以要把握好。把握好了就能成为真正的正能量，如不然，你可能会因此走上歧途。

心理过墙梯

孤独中潜藏的欲望是可喜、也是可怕的。当运用不正确，或者发泄失当时，就会酿就过激行为。那么，我们应该如何处理这些欲望呢？这将是一个自我变革的过程。

认识欲望，再判断欲望

孤独者并非精神混乱者，两者的区别是：孤独者有独立的思考能力，而精神混乱者失去了独立思考的能力。所以孤独者能分清自己孤独的原因。

但是，一般孤独者比较容易陷入潜意识的思维形式，于是终日跟随内心潜在的欲望去思考事情。越是这样，他就越感到孤独。所以，当孤独的时候，我们可以来一次强制性的理智思考，积极分析你想要什么。然后，再针对你的欲望，积极分析你的这种欲望是不是可以实现的。如果是可行的，你可以为了满足这种孤独中的欲望而采取相应的行动。

正是因为有了思考，才能够认识到自身的欲望是什么，然后，再判断满足欲望的可行性。步骤极其简单，关键问题在于要提醒自己用理智的思维去思考，仅此而已。

把孤独转变成行动

孤独，最惧怕的是寂静的脑袋。寂静地等待孤独时，这种孤独感会越来越强烈。最后，当你无法忍受这样的孤独时，就会像气球一样，“嘭”的一声，爆炸，世界更安静。这是孤独者一种安乐死式潜意识的自杀行为。

所以，当因孤独产生欲望时，就要用行动去实现你的欲望。当然，首先你要确立欲望的可行性。如果不可行，也不要过于安静，可以通过语言来发泄，让欲望得以满足。当你找到发泄的出口时，孤独也就逐渐消失了。

了解孤独者的欲望，帮助他发泄孤独

语言其实可以让孤独减轻，这是众所周知的事；但是，有些孤独仅仅依靠语言是不可以减退的，所以有些孤独者往往会反感别人在他旁边唠唠叨叨地跟他交流。为什么呢？因为孤独者内心存在着一个欲望，如果这个欲望没法实现，那么他会对所有与欲望无关的事都感到反感。

为了解决这一点，旁观的好心人应该积极地观察孤独者的欲望是什么。了解孤独者的欲望后，我们可以针对与孤独者的欲望有关的话题进行交流。当这样的话题在孤独者的耳边响起时，孤独者会情不自禁地对此话题产生兴趣，于是积极地投入到交流当中。随着交流的进行，孤独也就随之减退了。

Chapter 2

一切都须要联系在一起

不管什么时候，什么状态下，我们都不能孤立地进行生活。纵如《鲁滨逊漂流记》里面的情节，也不能抛开世界的一切孤立发生。因为鲁滨逊脑海里的知识，是世界给予的。正因为这样，他才能在孤岛上生活。从这个意义来说，他并非一人在生活，尽管他孤身一人在岛屿上。所以，我们在生活中势必要考虑这个问题——该如何与自己以外的事物进行联系。只有这样才能更好地生活。

1. 做有骨气的人，让事物自然相连接

鼠说有钱人的坏话，并非今天心血来潮，实际上他也深恶痛绝。其实，鼠的家也相当有钱——每当我指出这点，鼠必定说不是他的责任。有时（一般都是喝过量的时候）我补上一句："不，是你的责任。"可话一出口又每每感到后悔。因为鼠说的毕竟也有道理。

——村上春树《且听风吟》

在这里，有一个很有意思的话题，就是自我与社会的话题。人们一直生活在社会上，这一点谁都知道。然而，有些人说他要做自己。这一点听起来很有骨气，但是，细细说来，总感觉有一些不妥当。

何为做自己？就是有自己的态度，用自己的方式去对待世界。嗯，是的，一种很有骨气的生活方式。但是，要做到这一点，我们必须保证自己的态度和方式是正确的、有利于自身发展的。如果没能保证，这种"骨气"势必是在做傻事。为了让自己有骨气起来，我们有必要设法把自己与世界联系起来，适当地改变自己。要知道，一味地"做自己"并不能适当地改变自己。因为只有世界可以判断我们是不是做了无用功。无益于自己和他人的处事态度和方式一般不称之为有骨气。

在《且听风吟》里，鼠和主人公"我"经常到酒吧喝酒，每次都会聊到"鼠的家庭有钱，不是鼠的责任"。后来，"我"问鼠为何这么讨厌有钱人，鼠说："说白啦，因为有钱人什么也不想。要是没

有手电筒和尺子，连自己的屁股都搔不成。”仅此而已。

那么，为什么有钱人“连自己的屁股都搔不成”还会让鼠这么讨厌呢？这就是本节要讨论的话题，即事物与自然相连接了起来。很明显，鼠并非一个人生活在这个世界上。他把自我跟外界连接起来一起思考事物。但是，在他的自我心中，讨厌有钱人，显然这是一个错误。所以他无时不处于郁闷状态。这就是前面所说的错误的自我表现。所以，我们有必要做出让步，选择跟世界联系在一起，融入世界，不可以过于自我。

据村上春树在《且听风吟》结尾的那段文字，我们大概了解了《且听风吟》这本书是怎么写出来的。说起来，是一件事情引发了他写这本书的冲动。这件事与写书之间是有联系的。正是这样的联系让村上春树完成了一次飞跃。下面我们看一看村上春树在《且听风吟》结尾的一段话：

高中时代，我曾在神户的旧书店里一起买了好几本估计是外国船员丢下的哈特费尔德的平装书，一本50元。书很破旧。如果那里不是书店，绝对不会被视为书籍。花花绿绿的封面脱落殆尽，纸也成了橙黄色。想必是搭乘货轮或驱逐舰下等船员的床铺横渡太平洋，而经过漫长的时光后来到我桌面上的。

几年以后，我来到了美国。这是一次短暂的旅行，目的只是为了探访哈特费尔德之墓。

墓所在的地点是一位（也是唯一的）热心的哈特费尔德研究专家托马斯·麦克莱亚先生写信告诉的。他写道：“墓很小，小得像高跟鞋的后跟，注意别看漏。”

从纽约乘上如巨大棺材般的大型公共汽车出发，到达俄亥俄州这座小镇时是早上 7 点。

除了我，没有任何人在这里下车。穿过小镇郊处的一片荒野，便是墓地。墓地比小镇子还大。

几只云雀在我头上一边盘旋一边鸣啭。整整花了一个小时，我才找到哈特费尔德的墓。我从周围草地采来沾有灰尘的野蔷薇，对着墓双手合十，然后坐下来吸烟。在五月温存的阳光下，我觉得生也罢死也罢都同样闲适而平和。我仰面躺下，谛听云雀的吟唱，听了几个小时。

这部小说便是从这样的地方开始的，而止于何处我却不得而知。“同宇宙的复杂性相比，”哈特费尔德说，“我们这个世界不过如麻雀的脑髓而已。”

是的，特别是最后一句话：“我们这个世界不过如麻雀的脑髓而已。”这无形中体现了世界与人的一种联系。世界和人是有连接的，世界也正是由无数多的“麻雀的脑髓”组成的。

心理过墙梯

每个人都是跟世界相连接的，这一点毋庸置疑。但是，如何更好地跟世界相连接，怎么才能抛开自己，放开自我，完全地把自己置身于社会中去，这就需要一系列的调节。

下面是一些调节的方法。

努力对外界感到好奇

对外界好奇，是一种摆脱自我最有效的方法。再如何自我的人，如果有一种东西让他感到好奇，势必也会跟随这件东西，并试着去了解。因为好奇本身是没有任何自我的，只剩下了未知，所以，他会寻求各种答案来满足自己的好奇心。

为什么一旦有点儿好奇心出现，就会去多接触外界？因为不管多么博学的人，外界总有一两样东西是他弄不明白的。

学会理智

理智是抵触一切自我的好办法。它可以让一个人抛弃自我，重新回到真相，然后，成功地与世界连接起来。当然，一个人习惯了感性，总不会习惯去理智地看待问题，所以须要人运用大量的精力去抵抗内心的痛苦。不是有人说了吗？做内心强大的人，痛苦也就是这么回事。

要做到理智，首先，要在第一时间推翻自己的内心，否定自己；然后，去解析外界。如果仍然没法解析，再回到内心。只要经历了这样一个过程，你就已经完成了理智的需求了，即，你已经理智了。

多为这个世界着想

不愿意跟这个世界多一点儿连接的人，是因为他们过于自我，这前面已经讲过。摆脱自我，最好不要只为自己考虑，内心要变得豁达点儿，多为这个世界考虑。如此一来，你就学会了换位思考，抛开了自我，把自己融入了这个世界。

比如，有人一味地认为自己是最伟大的。但是，当他站在别人的角度去思考时，他就会觉得："那个人不帅，他该多痛苦啊。"于是，他就会下意识地将别人跟自己做比较，最后得出结论，其实自己也不是最帅的。对于世界，也是如此。如此，站在世界的角度去思考问题，自己的一切就都不重要了，重要的是这个世界。那么，这个过程就是他连接自然的一个方法。

2. 文明需要传达

需要表达、传达之事一旦失去，文明即寿终正寝：咔嚓……OFF（关闭）。

——村上春树《且听风吟》

文明需要传达，这一点须要大家理解的是，这里所说的并非一般意义上的文明传播。这里所要讲的是个体与社会之间的关系，并非整个社会的文明。个体也是存在文明的，也就是属于自己的文化。这有点儿像气质、内心那类玩意儿。所以，在这里可以理解为自己的内心需要传达，要不然你就会咔嚓……OFF。

在现实社会里，我们需要交流；如果不交流，生命会因此失去一半的意义——假如生命是由肉体和精神组成的话。精神得不到传达，死在肉体里，那跟植物人有什么区别？所以，我们须要传达内心。只有这样，我们才能更好地创造自我的价值。这就是自我传达“文明”的意思。

在村上春树的《且听风吟》这本书里，主人公跟随妈妈去看心理医生，于是心理医生说了这么一个小故事：

很早以前，有个地方有一只非常逗人喜爱的山羊。山羊脖子上总是挂着一只沉甸甸的金表，呼哧呼哧地到处走个不停。而那只金表却重得出奇，而且坏得不能走。这时，兔子朋友赶来说道：“喂，小羊，干吗总是挂着那只动都不动一下的表啊？又重，又没用，不是吗？”“重是重，”山羊说，“不过早已习惯了，重也好，不重也好。”一天，山羊过生日，兔子送来一个扎着礼品带的漂亮盒子。里面是一只光闪闪的又轻巧走时又准的新表。山羊高兴得什么似的，挂在脖子上到处走，给大家看。

这时，心理医生对小说主人公说：“你是山羊，我是兔子，表是你的心。”

如此看来，一个人如果不用心地去跟人交流，就会保守、落后。而守旧的东西无疑是生活的阻碍。我们只有打开心扉，去跟外界交流，传递个人的信息，交流个人的“文明”，我们才能促使自己“更新换代”，正如小羊脖子上的那块表一样。也许你已经习惯了，不觉得是一种落后。但实际上，你可能存在着某种你不曾发觉的陈旧，只有外界才能帮你找到答案。

村上春树是一个开朗的人，自从开酒吧以来，就一直跟外界接触。当成为真正的小说家的时候，他不再开酒吧了。但他也并不是整天闷在家里写作。闭门造车这玩意儿，他不习惯。所以，我们会看到他每日长跑。村上春树喜欢跑步，每个月都要（至少）跑上几十公里。在跑步的过程中，按照村上春树的解析，他并非单想锻炼身体，更多的是为了把自己暴露在大自然中，从而获得与外界接触的机会。比如，他可以在马路上跟同是坐在路边休息的人聊天。这种东一句西一句的聊天方式，他觉得比什么都好。起码，他能感受到对方特有的东西。（每个人都有着特有的东西）所以，村上春树坚持跑步已是多年的事了。

村上春树在《27 年的跑步生涯》里这么说道：“成为职业小说家，让人觉得最高兴的，是可以早睡早起。闭店歇业后，开始了小说家生涯，我和太太最先做的事情，就是彻底改变生活形态。我们决定，太阳升起来的时候起床，天色变暗了便尽早就寝。这就是我们想象的自然的、正经人的生活。不再从事服务业了，今后我们只见想见的人，不想见的人则尽量不见。我们以为，这样一种小小的奢侈，至少在短期之内无伤大雅。此话好像重复再三了，我本非善于同人交往的人，有必要在某个节点回归原始状态。”

是的，人要不断地跟外界保持联系，不能一个人活着，要传递关于你的信息，也就是你的文明。但是，在这个过程中，并非一股脑儿地包揽，而是有选择地接触世界和传达信息。对于这一点，村上春树非常清楚。他需要一个状态，不是一个劲儿地去做作家，要有选择性地接触和认识外界。

在生活中，我们发现有很多这样的人。他们不愿意跟外界传递关于自己的“文明”。他们认为：“我的事你们少管，我并非俗气的众生之一。”是的，每个人都觉得自己很伟大，起码觉得自己或多或少与众不同。就是因为这一点，他们往往不太愿意去传递自己的信息。

在村上春树的《且听风吟》里，鼠也是不愿意跟人说起自己心事的人。说到为什么讨厌有钱人的时候，主人公“我”也吃惊了，鼠说到这个地步纯属少见。但是，他还是说了。最后，他们在对话中达到了彼此的互相了解。

心理过墙梯

我们内心都有自己的观点和看法，都有自己的“文明”。那么，怎么才能释放出来，让彼此的“文明”得到碰撞呢？那就是打开心扉，无拘无束地交谈。只有这样，你才有机会把脖子上那块老旧、不走的表摘掉，换来一块崭新、精准的表。

多参加聚会

传达信息的一个重要条件是，必须得有两个或者以上的事物才能构成传达的条件。是的，没有一个人就可以完成的传达过程。两个或者两个人以上，一个人将信息传递到另外一个人那里，这才叫传达。

为了构成这样的条件，我们必须积极地去接触更多的人。比如，酒吧、舞会或者其他场合的聚会，这样我们才有机会传达，同时，也有欲望传达。因为两个人或者两个人以上的场所，我们很难做到闷声不响。比如，要跟人们多说点儿什么才能够融入这样的环境。所以，我们有必要参加更多的活动。只有这样，我们才能摆脱孤立的状态，实现信息的传达。

有分享精神

传递个人信息的另外一个条件就是主观上要有积极的意愿，也就是说要有跟人分享的精神。如若不然，即便两个人面对面，传达的信息也会千疮百孔。所以，我们要有与人分享个人信息的精神。

在很多时候，分享个人信息也是一种交易。当你将自己的信息分享完毕，别人就会跟着与你分享他的信息，于是，便形成了交流。做到了这一点，“文明传达”也就不是什么问题了。

有表现欲望

传达自己的“文明”，并非一定要靠语言，很多时候，靠其他形式也可以。比如，某学生被校长批评后，偷偷地跑到厕所哭了，结果不小心被人听到了。于是，哭泣在无形中传达了这么一个信息，即：“这位学生也不是那么坏，他毕竟为这件事而感到羞耻和难过了，他正在悔改……”

是的，这是一种传达自身“文明”的形式，有时候并不是刻意这么表达的，但是，往往可以让人看到你的气质。

3. 失落与成长，相辅相成

这十五年里我的确扔掉了很多很多东西，就像发动机出了故障的飞机为减轻重量而甩掉货物、甩掉座椅，最后连可怜的男乘务员也甩掉一样。十五年里我舍弃了一切，身上几乎一无所有。

——村上春树《且听风吟》

村上春树曾在他的处女作《且听风吟》中这样形容失落感：“这十五年里我的确扔掉了很多很多东西，就像发动机出了故障的飞机为减轻重量而甩掉货物、甩掉座椅，最后连可怜的男乘务员也甩掉一样。十五年里我舍弃了一切，身上几乎一无所有。”本书作者认为，村上春树作品中的主人公大多是这样的人物，在行走途中总是不断地失落曾经美好而温暖的东西，最终变成空壳，“最后连自己也成为失落物”，即自己本身化为虚无，我虚无，故我在。

其次，来自村上春树的生死观。日本传统生死观在很大程度上体现为樱花美学，对死亡往往抱有一种若即若离的审美态度，甚至表现出以死为美的特有的美学诉求。多数学者认为村上春树对死的看法同这种日本传统生死观基本上是一脉相承的。

换句话说，人的失落往往伴随着成长。在失落的瞬间，你完美的内心得到了成长。所以，有时候我们说，有舍必有得，也就是这个道理。抛弃一些东西，你会得到一些东西。这是生命中相辅相成的一个关系。村上春树在《且听风吟》一书中谈及自己的写作时，在写作的路上，他一路抛弃了很多东西。但是，我们却看到了他成功的作品。这是为什么？因为他抛弃了很多，留下了的仅仅是小说。这就足够了。

村上春树的很多作品中都表现出了一种“失落”的感觉。《且听风吟》中同主人公一起睡觉的女孩，以及《海边的卡夫卡》中离家出走的少年，都或多或少地对人生有一些失落。但是，他们总是带着失落的感觉一路寻觅。最后，你不得不说，他们也或多或少地完成了一些使命。

在《海边的卡夫卡》中，主人公田村卡夫卡君不是随处可见的普通的十五岁少年。他幼年时被母亲抛弃，又被父亲诅咒。他决心“成为世界上最顽强的十五岁少年”。他沉浸在深深的孤独中，默默地锻炼身体，辍学离家，一个人奔赴陌生的远方。

一个少年为了成为“世界上最顽强的十五岁少年”而离家出走。一路上，他沉浸在深深的孤独中。但是，我们并没有觉得这个少年没事做。相反，我们感觉他的路途很遥远，须要做的事还很多。就是这么带着失落与成长的情绪，读者看完了这本书，最后释怀——原来如此。

有人分析了村上春树这种矛盾的体现方式——失落中带着成长，事出有因。我们还记得，美国在某一段时期，文学界也出现了一批村上春树这种风格的作家，那就是“垮掉的一代”。那段时期，文学家们普遍失落、颓废。但是，把他们的作品拿到现代来读，我们却发现那是一段少有的文学昌盛时期。我们不禁惊讶：“他们是在成长，并没垮掉。”

据村上春树自己说，他无论是思想，还是写作方式，都很受那几个“垮掉的一代”美国作家的影响。所以，村上春树的作品中存在着这样的东西——失落与成长，相辅相成。

人生如村上春树的创作过程一样，一路走来，伴随着失落与成长。当你感到失落的那一瞬间，也许你就成长了。

其实，失落与成长是相辅相成的。比如，当一个人失恋后，他悲痛不已。然而，这种悲痛给他带来更多的是思考，这种思考会瞬间让他得到成长。

心理过墙梯

作为个体，生活在这个世界上，我们要有所成长，这是一定的。但是，个体总会有失落的时候。那么，如何在失落的时候得到成长，就成为本节需要解决的问题。下面，我们列举几个简单有效的方法。

失落时不急于寻找解决方法

当一个人失落的时候，脑袋里是最乱的时候。如果在这个时候急于找出解决方法，势必会弄得更加混乱，从而降低解决问题的效率。所以，在失落的时候应不急于寻找解决方法。

那么，在失落的时候应该干什么呢？其实，失落的时候我们应该思考失落的本质，更多的是思考如何对待失落，如何找到合适的情绪发泄方式。比如，一个人失恋了，那么，这个人不要着急找到挽救恋情的方法，而是应该首先考虑如何让自己平静下来。因为只有内心平静了，自己才能在瞬间迸发出更大的能量。

与人分享失落感

与人分享失落感，也是一种自我释放的好方法。它能瞬时让你抛掉所有的委屈和懊恼，因为你发现这个世界上不仅你一个人承担了这件事情。

当然，与人分享失落感，并非求得人们的同情，更多的是把自己内心的情绪抒发出去。而且，你能因此听到别人此时此刻给你的更多建议，你会因此而变得不那么迷茫。

做一件与当下无关的事

做一件与当下无关的事情，其实是为了转移自己的注意力，好让自己更好地把内心平静下来。当然，当内心平静下来后，要积极地去思考事情的本质。只有这样，才能让你更好地得到成长。

比如，一个人失恋了，他可以通过选择参加同学聚会，以此来淡化失落的情绪。当这种情绪被冷静下来后，再积极地思考有关失恋的问题。这时的思考势必会更加理智，更有力量。

4. 存在感，让你与外界相融

以前，我曾想以人存在的理由为主题写一部短篇小说。小说终归没有完成，而我在那时间里由于连续不断地就人存在的理由进行思考，结果染上了一种怪癖：凡事非换算成数值不可。

——村上春树《且听风吟》

在村上春树的作品《且听风吟》中，主人公有过一段这样的经历：在那段时间里，他强烈地希望感觉到自己存在这个世界上。他甚至还想写一本以人存在的理由为主题的小说，但是，最终没有完成。

在这里，我们大胆地猜测小说主人公没有完成这样一本小说的原因是，那时候他并没找到或者感觉到自己存在的理由。

卡耐基也对存在感这个东西做过描述。他认为，每个人都是需要“获重感”的。也就是说，每个人或多或少都希望自己受到别人的关注。这个理念跟存在感有些相似，都是从人的内心需求说明一个东西，也就是个体跟世界之间的关系，个体希望得到的一些东西。不管是获重感，还是存在感，我们都有理由相信，我们须要得到这个世界的认可，找到自己存在的理由，仅此而已。

在《且听风吟》一书中，主人公曾强烈地希望自己能搞明白这么一个理由，即存在的理由。他说："以前，我曾想以人存在的理由为主题写一部短篇小说。小说终归没有完成，而我在那时间里由于连续不断地就人存在的理由进行思考，结果染上了一种怪癖，凡事非换算成数值不可。"

是的，他因为要知道自己存在的理由，于是在一段时间里，总是把生活数字化。这段时间一直维持了8个月之久。比如：他乘电车时会先数乘客的人数；上楼时，数楼梯的级数；一有时间就测量脉搏跳动的次数。据他的记录，1969年8月15日至翌年4月3日之间，他听课358次，性交54次，吸烟6921支。这些数据的存在，当然不会有人关注，只是小说主人公一个人保存而已，因为这些数据能够说明他的存在。他是这么说的："那些日子里，我当真以为这种将一切换算成数值的做法也许能向别人传达什么。并且，深信只要有什么东西向别人传达，我便可以确确实实地存在。然而无须说，任何人都不会对我吸烟的支数、所上楼梯的级数以及阳物的尺寸怀有半点兴致。我感到自己失去了存在的理由，只落得顾盼自怜。"

是的，村上春树之所以能写出这样的故事，是因为他本人也感觉到存在感的重要性。仿佛这个世界上只有存在感才能让我们如此努力地去创造未来。

很小的时候，我们被老师冷落，就会变得自暴自弃；长大了，被老板冷落，你就会失去工作的激情。这些都证明了存在感具有一定的能量。使用得当，有助于你的能量大增；使用不当，你会从此失去自我，没有方向。

存在感是个体与世界之间的关系。当你注重存在感的时候，你自然也去注重外界的一切。因为你只有注重了这些，你才能够知道你是否获得了存在感。这就是个体与外界不可分割的关系所在。

正确地运用存在感，应该是积极表现，让自己更加出众。而失去存在感的危害是，不管怎么努力，仿佛都是多余了，于是自暴自弃。这两者有着天壤之别。但是，我们只要仔细分析就会发现，努力的程度一样，为何到最后有存在感的人越活越有乐趣、激情呢？那是因为他正确地运用了存在感，不断地跟随存在感去努力，从而找到了自己的方向。

心理过墙梯

一个人对存在感的要求往往不是刻意的，而是在潜意识中需要这样的感觉来维持自身存在的必要性。那么，我们可以说，人生的过程是一个自我建设、探索如何存在于这个社会的过程。因此，该怎么进行自我建设和利用存在感，就成为一个话题。下面，我们列举几个方法，供大家参考。

与人合作

维持存在感最好的办法，是跟人合作，并做出一件你认为成功的事情。合作的次数多了，成功的次数多了，存在感自然而然地就产生了。

参加社会活动

跟社会接触，参与社会活动，是建立存在感的一个必要过程。现在网络如此发达，在网上报名参加一个活动很简单。所以，在当今社会，建立存在感的难度降低了很多。

树立目标，并马上行动

行动加目标，是存在感的基础。任何人，只要缺乏行动，他就会被社会逐渐孤立。所以，行动是存在感的基础。去上班，创业，学习，都可以，反正你得让自己行动起来，并建立一个目标。在你努力实现目标的过程中，存在感将会伴随而来。

5. 选择自己喜欢的，顺其自然

喜欢的事情自然可以坚持，不喜欢怎么也长久不了。

——村上春树《当我谈跑步时，我谈些什么》

在《当我谈跑步时，我谈些什么》一书中，村上春树解析了他是怎么坚持每天跑步的。他是这么解析的：喜欢的事自然可以坚持，不喜欢怎么也长久不了。《当我谈跑步时，我谈些什么》这本书算是村上春树的自传，里面记录了他每天跑步的过程以及想法。循着岁月流逝，地点变迁，唯有四分之一个世纪里日日坚持跑步的所见所闻、所惑所思最是真真切切：1982 年秋，开始职业作家生涯之际，也开始长跑。此后，近 30 年，从夏威夷的考爱岛到马萨诸塞的剑桥，从日本村上市参加铁人三项赛，到踏上希腊马拉松长跑古道，他，永远奔跑。

文字是村上春树的符号，跑步何尝不是？不再是浮华迷茫，不再是旖旎感伤，不再羚羊挂角，无迹可寻——写了几十年“别人”的文字之后，作家第一次只写自己：小说之外，文字之外，均是不施雕琢，娓娓道来，清淡如云，宁静如水……村上春树的生活极其自然，只选择自己喜欢的去做，包括写作本身。有人问他，是什么力量让他坚持跑步的。他的回答很干脆：喜欢。

所以，通过《当我谈跑步时，我谈些什么》，我们也可以看到村上春树的生活风格，如同他的写作生活一样，坚持不懈。按照他在书中的描述，我们似乎找到了一个伟大作家的成功之道，那就是“坚持”。

这样的理论跟现代教育理念很是相符。每个老师都在说，要引导孩子的兴趣，把他的兴趣点放大，这样才能发挥出最大的潜力。

做自己喜欢的事，事半功倍。这个道理很多人都知道。只是没有多少人遵循这样的道理去活着。人们宁愿选择在苦闷中前行，也不愿意快乐地活着。事实证明，很多成功的人都做自己喜欢的事情。童话大王郑渊洁小学没毕业，但是，他从事了自己喜欢工作——写作。经过持之以恒的努力，他成功了。独辟蹊径，是他的成功之路。教育家魏书生，放弃了当时最好的工作，放弃了升官发财的大好机会，毅然写了150多封申请，实现了当老师的愿望。他发自内心的对于教育的爱，使得他取得了巨大的成就，成为影响中国教育的风云人物。

做自己喜欢的事情往往须要做艰难的抉择。自己喜欢的事情往往与现实世界是相互矛盾的，两者一致的情况是少数，不一致的情况是大多数。生存生活的制约、各种利益的诱惑、社会现实的无情，使得多少人在做着自己不喜欢的事情啊！！但是，如果我们能放眼远处，不被眼前所制约，学会放弃，执着追求的话，那么，我们也能成为有影响力的人。舍弃是艰难的，但是，舍得确是真理。舍，然后，一定会有得，大舍大得。

我国著名科幻作家刘慈欣就是一个很好的例子。2014年之前，大刘（刘慈欣）一直是山西娘子关电厂的一名工程师，习惯在出门时用扁长的牛皮纸信封，装一把散装的茶叶。从2006年到2010年，他在电厂上班、下班接女儿、回家做饭，完成了150万字的《三体》三部曲，获得了“星云奖”提名，登上了中国作家富豪榜。

上班、带孩子、做饭，生活的日常很是枯燥。刘慈欣并不喜欢这样的生活。于是，他开始琢磨着怎么利用空余时间写科幻小说。《三体》正是在刘慈欣的坚持写作下诞生的。由于坚持，刘慈欣凭借科幻小说《三体》获得了雨果奖最佳长篇小说奖。这不仅是中国人也是亚洲人首次获得这个奖项。

当问起刘慈欣，是什么动力让他如此执着，写出如此宏大的小说时，刘慈欣笑了笑说，不需要坚持，做自己喜欢做的事怎么都能做下去。

是的，当一个人做了自己喜欢做的事情，怎么都能坚持下去；而如果不喜欢，再怎么坚持，都是徒劳的。因为坚持本身会耗掉一些积极性。长期如此，你的积极性会被你的“不喜欢”挤压掉。最后，你会没法坚持或者没有动力去做你不喜欢的事情。

心理过墙梯

快速拷问自己，到底喜欢不喜欢当下所做的事情。权衡利弊，利用最短的时间去尝试一下你喜欢做的事情。当你发现做你喜欢的事情能做出点儿成绩时，这就证明，你有能力把握你所喜欢的事情。下面，我们列举几个方法，供大家参考。

找时间对抗你不喜欢做的事情

很多时候，你也许是因为生活所迫，选择了你不喜欢做的事情。

但是，不管怎样，尝试一下你喜欢的事情的时间总该是有的。一次次挤压时间，去尝试你喜欢做的事情。当做你喜欢的事情能够支撑你的生活时，就是你专心地去追随你所喜欢的事情的时候了。

破釜沉舟，疯狂一把

来一次破釜沉舟，彻底地把所有精力都放在你喜欢做的事情上。当然，你须要考虑的是，你喜欢的这个事情跟你的生活有没有冲突。如果没有多大的冲突，或者影响很小，你可以把主要时间放在你喜欢的事情上。因为选择喜欢的事情不须要坚持，你自然而然地就会去做。

创造条件，做你喜欢的事情

比如，你喜欢踢足球，可是你家附近没有足球场。所以，你要创造条件，尽量选择在足球场附近居住。这样你就有更多的机会去做你喜欢的事情。

6 与你有关的一切，与你都有关

你惧怕想象力，更惧怕梦，惧怕理应在梦中开始的责任。然而觉不能不睡，而睡觉必然做梦。清醒时的想象力总可以设法阻止，但梦奈何不得。

——村上春树《海边的卡夫卡》

这是村上春树在《海边的卡夫卡》中的一段描写。书中人物害怕做梦，但又不得不做。仿佛人的一辈子，做任何事都跟自己有关，哪怕睡觉的时候，也是有关系的。

其实，在村上春树看来，人一辈子是不可能摆脱社会而独立存在的。我们从他的另外一段描述可以看出来："就算你现在能在这里忍着不手淫，它也很快会以梦遗的形式找到你头上；说不定你会在梦中强奸自己真正的姐姐和母亲，那是你所无法控制的；那是超越你自制力的存在，除了接受你别无选择。"

以上这段描述，无不渗透着无奈。当事人主观地想与整个社会失去联系，但是，怎么也没法断掉那些联系。除了接受，别无选择。小说中的这些描述或多或少的表现了主人公厌世的情绪。但是，也从另外一面反映了一个事实：与你有关的一切，与你都有关。

所以，别想逃离社会。我们须要做的就是不断地接触社会，跟社会互动。这样的互动多了，你才能在这个社会中找到你的位置和乐趣。

时下很流行的“宅男”，指的就是一批典型的逃离社会的人。互联网时代下的交流方式，让很多人选择了做一个宅男。久而久之，宅男便失去了跟整个社会交流的能力，只活在互联网当中。

其实，宅男这个词发源于日本，在日本存在着大量的宅男。日本有个宅男叫真树，从27年前就开始宅在家里。目前，他已经43岁了。他的聊天对象也仅限于他69岁的老母亲。由于长时间不出门，他在家里没有接触网络，也没有接触时代新产物，并且因没有网络，所以迄今为止他也没有手机。27年来，真树每天就是看电视、报纸、杂志，摆弄相机。

有人愿意帮助真树走出家门，开始的第一步是帮助他到社会上找一份工作，让他有跟人接触的机会。结果，真树看着琳琅满目的工作种类，竟然找不到一份他能干的工作。甚至连搬运工他也做不了，因为他不知道搬运的货物该放在哪里。

随后，有人问他，做宅男有什么好？他竟然回答，除了有些孤单而已，其他没有什么不好的。其实，真树忽略了一点，如果没有年迈的母亲照顾，他可能无法活在这个世界上。因为他连做饭都不会，更不会到菜市场买菜。他认为，世界可以很小，一切跟他无关的都可以不用理会。其实，他错了。这个世界跟每个人都息息相关，即便你不直接接触到，但某些事物会在曲折弯曲的关系中关联到每个人的具体生活中。

其实，很多时候，跟社会接触并不会在当下立刻显示出其有利的一面。但是，你经常不跟社会接触，其恶劣的一面就会找上门。

有人说，出去上班，主要是为了赚钱。只要自己有足够的钱，就不须要去上班，或者去接触这个社会了。在家自由自在，不是挺好吗？这种想法是错误的。即便你有足够多的钱，只要不接触社会，你就会丧失生活的动力，甚至会变得不会花钱。这才是真正可怕的问题。

正如村上春树所表达的，人一辈子是不可能摆脱社会而独立存在的。我们从他的一段描述可以看出来："就算你现在能在这里忍着不手淫，它也很快会以梦遗的形式找到你头上。"

所以，人生活在这个世界上，不可能单独存在。我们须要做的是，不断拥抱这个社会，融入这个社会。不管眼前是否有用，最起码认识和拥抱社会的你不会止步不前。

心理过墙梯

在这个互联网时代，很多人开始越来越依赖互联网，宅男宅女也越来越多。怎么才能摆脱这些束缚呢？我们给出了以下方法。

离开虚拟世界，多跟人接触

只有正确地使用网络，才能正确地拥抱社会。网络只是一个社交工具，它带给我们的便利是让交流更加高效，但是，其社交质量远比不了面对面地互动。当你认识到这一点时，可以控制自己的社交方式，尽可能地让自己跟对方多一些实际交流，而非虚拟交流。当你面对面地跟人交流，观察对方的表演、语气、神态时，你会发现实际交流比互联网交流更有趣。这样的事情做多了，你自然而然地就会融入这个社会了。

相信世界的美好

相信世界的美好很重要。很多人之所以排斥社会，是因为他们一直认为社会是黑暗的。所以，他们会选择一个人待着，不愿意跟社会接触。但是，他们的这种观点是错误的。其实，世界上好人总是比坏人多的。之所以大家觉得险恶无处不在，是因为大家都处于自我保护状态，在跟陌生人接触时本能地进行自我保护和排斥他人。当进一步交流时，你会发现每个人都有一颗美好的心。当你接触的人多了，认识到更多的人都有一颗美好的心之后，你就有了跟社会接触的意愿了。

要明白社会蕴含着很高深的知识

探究精神是自我推动的源泉。人一旦有了探究精神，他就会不断地钻研某个方面。对于社会而言，也是如此。当你对社会有足够多的探究时，你就会认为社会蕴含着很高深的知识。所以，要保持探究精神，就要意识到社会不是你想象的这么简单。“探究精神”和“意识到社会不是自己想象的这么简单”两者是相辅相成的，它们相互促成。所以，要融入社会，就要不断地探究，不断地感受社会的深层次部分。越是探究，对社会的认识就越是深入；越是深层次地了解，越会对社会感兴趣。

Chapter 3

想到哪里就能到达哪里

思想决定高度，这句话永远都是对的。连想都不敢想，行动上怎么也不会到达一定的高度。当然，这里所说的思想高度跟“好高骛远”是两回事儿。好高骛远是指不切合实际地去追求过高的目标。而这里的思想高度，是指是否有远见，或者说思维是否开阔。本章将伴随着村上春树小说的一些经典语句，深度训练你的思想高度，以此帮助你少走成功道路上的弯路。

1. 创造新的氛围，到达你想到的一切

某种情况下，命运这东西类似不断改变前进方向的局部沙尘暴。你变换脚步力图避开它，不料沙尘暴就像配合你似的同样变换脚步。你再次变换脚步，沙尘暴也变换脚步——如此无数次周而复始，恰如黎明前同死神一起跳的不吉利的舞。

——村上春树《海边的卡夫卡》

其实，在很多时候，人总是依着命运随波逐流。在这条川流不息的长河中，人就像是逆流而上的鱼儿，那些暗礁、浅滩，无一不是阻挡我们前行的障碍。若想得以生存，只能不断地调整方向和规避危险，才能博取一个又一个的胜利。

这便是作为个人的节奏。

在《海边的卡夫卡》一书当中，村上春树单刀直入，开头便向我们展示了主人公谋划出路的决心与行动。年仅十五岁的少年，或许是因为家庭的原因，或许是因为个人意识的萌芽，他想要获取自由，谋划个人的绽放，于是选择离家出走。

为了这一天，上初中后两年时间里我一直努力锻炼身体。从小学低年级开始我就去学柔道，成了初中生后也大体坚持下来了。但在学校里没有参加体育俱乐部，一有时间就一个人跑马拉松，在游

泳池里游泳，去区里体育馆用器械锻炼肌肉，那里有年轻教练员免费教给我正确的伸展运动方式和器械使用方法。

从这里我们可以看出，主人公看似寻常的举动，无一不展现了他的毅力和改变自己的决心。

从我们如今成人的眼光来看，少年的这些改变自己的举措或许有些小儿科。可是，细细想来，这其中包含的意识的转变和应对问题的解决方案，真的是值得我们深思。在我们中华民族的传统文化中，也有一则大家耳熟能详的典故——鱼跃龙门。

极其弱小的鲤鱼和命运之轮下的芸芸众生又有何分别呢？鲤鱼之中尚有吃得辛苦、不畏辛劳、溯游千里甚至万里直扑龙门而去的佼佼者，作为新一代人类的我们，又怎能不树立远大的抱负，积极地改善自身，来获取更大的自身价值呢？

亡羊补牢，犹未晚也。或许此刻的我们尚有众多不如意缠身，可是，只要我们学习鲤鱼跃龙门的精神，积极地积累知识，发扬刻苦钻研的精神，学到老，活到老，未必不能有朝一日，鱼跃龙门。

当然，拥有远大抱负是一方面，如何落实也是一个很重要的方面。二者相辅相成，缺一不可。

龙门之行，艰苦异常。或有浅滩阻挠，那就得奋起而上，拼搏到底；或有途中天敌捕食，亦要躲藏隐迹，不可逞匹夫之勇。只有审时度势，不断地改变自身的节奏，才能在环境复杂的河流中不迷失自我，寻找到属于自己的真谛。

再回来说村上春树，他的书被那一代的年轻人视为指路明灯。纵使放在今天来看，也是极具积极的意义。

从《海边的卡夫卡》一书来看，贯彻全书的宗旨便是通过改变自身的节奏，以此来应对未知的命运，或者说应对时下遭遇的困惑。

这使时下的年轻一代真的很容易产生共鸣，最为重要的便是村上春树在构想的故事世界里，教给了我们一些可以应用的方法。小说主人公意识和行为的总结便是改变自身节奏。

主人公有如此的决心和谋划，读者也因此对其离家出走充满了希冀和畅想。可是不久，少年便遇到了无法掌控的困难阻碍。

命运总是让人如此不堪，亦或者让人痛苦。可是生而为人，若想得到解脱，必须不断地寻找办法，改变自身节奏，来契合这未知的未来。

面对问题，首要的不是讨论谁是谁非，而是采取行动，解决问题。唯有拥有这般信念，才能助我们走出困境。

三峡大坝是中华儿女智慧的结晶，是一项浩大的水利工程。但是，就是这样一个有利无害的工程，也带来了一个小小的问题。

在大坝上游，生活着一种当地特有的鱼类。工程未建之时，每当产卵之际，这些鱼儿便洄游至下游繁衍生息。待到产卵完毕，它们就会溯流而上，回到上游生活。

可是大坝建成，鱼儿的洄游路途便被大坝阻挡。鱼儿想要回到下游产卵，那便是天人永隔、难以完成的事情了。

一旦大坝建成，这种鱼儿就要灭绝了吗？结果自然不是。

水利工程的工作人员起先也并不知晓，只是第二年当他们看到大闸一边聚集着无数鱼儿的时候，他们才意识到这个问题。

所以，现在的三峡大坝，特地开辟了一个输送通道，专门应对这些洄游鱼类的产卵问题。

事情得以解决，皆大欢喜。从这个问题当中，我们亦能看到村上春树给我们阐述的道理。

生活不总是一帆风顺的。它就如大河，又如沙尘暴，总是在不经意间就能摧毁我们的生活。就像这鱼儿回不到适合自己产卵的环境，是不是就只能放弃了呢？

纵使这些鱼儿是在人类的帮助下解决了这个问题，可是，若没有它们的聚集，引发人类的关注，问题也根本不会得到解决。

归根结底，我们只要把握住节奏，不断地适应生活，寻找到一个又一个的节奏拐点，生活就依然是属于我们的。

心理过墙梯

创造新的氛围，过程极为煎熬，需要坚强的意志力，十足的执行力。在长期的磨炼和准备中，突然有一天，当你回想过往时，你就会发现，你改变了，改变了你的世界也改变了！那么，我们需要怎样的手段来强化自己，去创造新的氛围呢？

明确你的目标

在创造新氛围之前，你要明确你需要怎样的氛围。比如，本节前面讲到书中主人公为了离家出走，从小就开始注意锻炼身体。因为有强健的体魄才能应付得了外面恶劣的环境。有了这个目标，剩下的事情就是执行了。

严格执行计划

严格执行是一个很寂寞的过程，做任何事情都需要这种能力。因为在执行的过程中会遇到这样那样的事。这个过程没人跟你一起走。而且，对于你来说，未来是新的氛围。所以，在你执行的过程中，每一步都将是新的事物。如此一来，寂寞伴随而来。这就要求当事人严格地执行计划。

不遗余力地坚持

新的氛围并非一下子就能创造出来。因为你所生活的环境、氛围已经被定格。如果你想要打破这个氛围，就要不断地努力。时间久了，你就会发现，一个新的氛围诞生了。

2 破坏一切，铸造新格局

十五岁生日到来的时候，我离开家，去远方陌生的城市，在一座小图书馆的角落里求生。

——村上春树《海边的卡夫卡》

在《海边的卡夫卡》一书中，村上春树讲述了一个充满隐喻的故事。故事中，主人公不断地寻找自我。当然，这里并非鼓励读者朋友带着怀疑社会的态度过一生，而是要告诉各位，人生漫漫，不管什么时候都要寻找自我的突破口。然而，在寻找突破口的时候，要敢于破坏原有的世界，铸造新的格局，让未来显得更加清晰、明朗。

在《海边的卡夫卡》一书中，偶数章主人公中田的故事开始于二战时期。因为那是一个破灭的时代，那是一个糟糕的环境。纵观整个二战时期，屠戮，占领，对抗，轰炸……无一不是对世界格局的破坏。人文地理受到的伤害不可谓不重，甚至可以说是伤及根本的。它让全世界的发展不进反退，人口骤减，经济萧条。所以，书中的人总是带着怀疑的态度在探索未来。书中两位主人公一路迁徙，故事一路发展，最终扎到那个属于自己的“地方”。

我们从《海边的卡夫卡》中引用一段文字，可以让你感受到那个带有战争意味的气息：

美国陆军情报部（MIS）报告书

制作日期：1946年5月12日

标题：RICE BOWL HILL INCIDENT（木碗山事件），

1944：REPORT（报告）

文件整理编号：PTYX-722-8936745-44216-WWN

以下是事件发生当时同××镇开业内科医生中泽重一（53岁）的面谈记录。使用录音磁带。关于此次面谈的附带资料索取编号为PTYX-722-SQ-162~122

发问者罗伯特·奥康涅鲁少尉所感：

“中泽医生身材高大，面庞晒得黝黑，因此给人的印象较之医生更像是农场监工。待人诚然稳重温和，但说话简洁干脆，直言快语。眼镜深处目光炯炯有神，记忆力也似牢靠可信。”

以上这一段让人捉不住重点和意义，往往是直到读完全本，品尝许久之后，读者才意识到，这是原有的一切已经被打破的隐喻。

书中的设定很是新颖，那是不同于一般的双主人公设定。两个主人公之间几乎毫无联系，但是，看完以后，却发现二人皆是同一人。那不是技巧上面的东西，而是可以引发读者想象的手段。

中田，一个老实本分的孩子，是如何从沉默寡言，不善交流的人，演变成一个依旧不善言谈，但却获得与猫交流能力的人的?

这种能力闻所未闻，见所未见，只是来自格局破灭，或者说当中田周遭的一切被破坏，从而衍生出的一种新的能力，一种观察事物的新格局。

而另一个主人公十五岁离开家乡，摒弃所有，独自离开，打破所有的现有格局，只是为了寻找心中的那一份感召。无论他开始有意识地存钱，还是有意识地锻炼身体，这些都是为了向一直围绕自身的自有格局告别。

关于主人公如何斩断过去，打破原有，前文已经叙及，这里不再赘述。既然原有已经被打破，村上春树亦向我们展示了那破灭之后的精神世界，诚如文末佐伯对主人公交代后引发的精神指示：

有比重的时间如多义的古梦压在你的身上。为了从那时间里钻出，你不断地移动。纵然去到世界边缘，你恐怕也逃不出那时间。但你还是非去世界边缘不可，因为不去世界边缘就办不成的事情也是有的。

是的，打破旧格局以后，所形成的新格局，必然也会成为未来的旧格局，但是，人生不就是如此么？

不断地打破一切，积极地寻找新的人生。

于是，一直围绕在主人公身边的一个有趣的人——乌鸦，启发或者说指引了这个十五岁少年的全新人生：

“你做了正确的事情。”叫乌鸦的少年说，“你做了最为正确的事情。其他任何人都不可能做得像你那么好。毕竟你是现实世界最顽强的十五岁少年。”

“可是我还没弄明白活着的意义。”我说。

“看画，”他说，“听风的声音。”

我点头。

“这你能办到。”

我点头。

“最好先睡一觉。”叫乌鸦的少年说，“一觉醒来时，你将成为新世界的一部分。

不久，你睡了。一觉醒来，你将成为新世界的一部分。

不破不立，破而后立，便是这个道理。在人生的长河中，我们会遇到很多瓶颈，甚至是许多我们难以忍受的苦难。但是，这并不代表我们就要放弃，就要战战兢兢地活着。

马云，一代商业巨擘，原本他是可以很逍遥自在地做一名老师，教书育人，考职称，在一眼就可以望到边的生命里不停地来回畅游。可是，他之所以成了如今的马云，便是打破现状，寻找新的人生的结果。放弃了安稳的工作，放弃了社会上既定的价值观，忽然有一天，他觉得自己应该为自己而活。于是，他成了一个疑似传销人员。他不被待见，不被接受，没人理解。他哭过恨过，也迷茫过，可是，他一直都没有放弃，最终成功了。因为那一次次的打破现状，他成了如今国民认可度最高的商业模范。他的故事影响了无数的年轻人。

如今，提到马云谁人不知，谁人不晓？可是，当初他也像我们一般，默默无闻，人微言轻。若是当初他没有打破现状，此刻就算是和你在大街上偶遇，你也不会认识他。

这是破而后立的成功案例。

生命是多彩的，也有着无数的可能，有成功，便有失败。

盘古开天，亘古至今流传的传说。中华民族是个伟大的民族。她是包容的，是和蔼的，同时，她也是最公正的。开眼便是一个灰蒙蒙的世界，缩手缩脚无法施展，即便翻个身恐怕也是极其困难的。所以，那一刀滑落，成就了中华。

这关于世界起源的传说在中华大地传承了无数年月，烙进了我们的生命中。我不敢揣测太多，只是那不破不立，不打破现状就无法成就全新人生的启蒙信念，深深地刻在了我的意识中。

心理过墙梯

打破现状其实是一件很难的事情。找寻到一个正确的人生方向也是一个很重要的事情。我们只需要秉承内心，明白是非对错，就能很好地纠正自己的过往和现状。当你不断地完善自我，你就会发现，全新的人生已经对你张开了双臂。那么，我们又该如何打破现状，重新寻找新的人生呢？

不断反省自身

反省是一个很好的习惯。当我们成为一个成年人，或者萌生了自我意识的时候，我们会很容易地接触到一些是非观念。而在寻找新的人生的初期，我们必须要不断地完善自己，树立正确的人生观。

培养一颗坚韧的心

习惯是个很可怕的东西。它可以让你更好，也可以让你更加颓靡。当我们树立了良好的人生观，开始修正自我的时候，拥有一颗坚韧的心便成了必备的基础。长跑，绘画，抵制不良风气，这些都有利于我们培养坚韧的心态。

必要的展望

物竞天择，适者生存。如果我们没有野心，没有展望，那么，我们必将成为世界的牺牲品。当我们有了渴望，有了想要追求的东西，那将是开启我们新的人生的钥匙。希望考试登顶，出国留学，甚至减肥多少斤，这些都可以成为我们的动力。等到完成目标的那一天，你就会发现，你的新的人生已经开始了。

3. 仙境与尽头，一切尽在脑海里

我不会忘记你。在森林里我会一点点记起往日的世界。要记起的大概很多很多：各种人、各种场所、各种光、各种歌曲……

——村上春树《世界尽头与冷酷仙境》

人生是绝无可能一帆风顺的。我们如果想做命运的弄潮儿，那就必然会遇到很多困难。无数的伤痛会拖垮你的身体，精神的空虚会打败你的意志。当诸多不安笼罩你的内心时，你甚至会想要放弃。可是，如果我们就这样放弃了，绝望了，作为人的意义和价值，便一齐消失了……

村上春树的《世界尽头与冷酷仙境》中有一段是这样的：我和我的影子瑟瑟立在雪中，默不作声，只顾久久凝视这片光景。同上次来时一样，周围弥漫着令人惧怵的水声。或许因为下雪的关系，声音沉闷得多，仿佛远处传来的地鸣。我仰望未免太低的天空，继而把目光转向前方在纷飞的雪片中黑糊糊隐约浮现的南围墙。围墙不向我们诉说任何话语，显得荒凉而冷漠，名副其实是“世界尽头”。

如书中所说，苦难绝望像毁掉的苍穹一般笼罩下来，整个世界都是荒凉和冷漠的。当我们穷途末路的时候，周遭的一切都会宛如有了生命一般威胁我们，恐吓我们，甚至迫害我们。一切的一切都仿佛在说，我们唯有放弃，别无出路可言。村上春树用一种超现实的手法向我们展示了这种气氛，那是一种类似于“世界尽头”的绝望感觉。

对于我们个人来说，亦有许多这样的时刻。就拿一个写作者为证。写东西是一个很消耗心力的事情，它调动的不仅仅只是一双手，它需要你的大脑、眼睛，甚至你身体的全部来配合。可是，当写作者无法找到那个状态的时候，会很迷茫。当每天宛如亲人一般拥戴你的键盘忽然间变得沉默，冰冷，便像是进入了“世界尽头”。空洞的眼神对着白纸，仿若成了一个傻子，无法勾勒出任何一段文字。那时候的心情大体便是和村上春树所说的一样，这个世界开始显得荒凉和冷漠。

可是，难道写作者就要这般放弃了么？就这样放弃我们热爱的东西，我们倾尽全力的东西么？答案自然是否定的。山穷水尽疑无路，柳暗花明又一村。一个合格的写作者要始终相信，困难只是暂时的。所以，每当这个时候，写作者都会闭上眼睛，思考所有能想起来的东西。一个画面，一段对白，甚至是一个表情，这些都是能使写作者重新焕发生机的东西。这就是人们常说的灵感。

《世界尽头与冷酷仙境》一书中，主人公的遭遇是何其无奈，失去挚爱，却又获得了友情。当挚爱离开的时候，他便通过思考来获得解脱的方式：

在水潭完全吞没影子之后，我仍然久久地凝视水面。水面未留一丝涟漪。水蓝得犹如独角兽的眼睛，且寂无声息。失去影子，使我觉得自己恍惚置身于世界的边缘。我再也无处可去，亦无处可归。

此处是世界尽头，而世界尽头不通往任何地方。世界在这里终止，悄然止住脚步。

我转身离开水潭，冒雪向西山冈行进。西山冈的另一边应有镇子，有河流，有她和手风琴在图书馆等我归去。我看见一只白色的鸟在漫天飘舞的雪花中朝南面飞去。鸟越过围墙，消失在南面大雪弥漫的空中。之后，剩下的唯有我踏雪的吱吱声。

同样的场景，同样的动物，在我们遇到困难的时候，它给了我们一种悲观的情绪。可是，当我们试着去思考，用我们记忆中的东西来验证这些所谓的困难时，我们竟然发现，这一切原来不过如此。悲伤的河面开始变得富有生机，世界尽头一般的压迫感忽然停下了脚步。

《大圣归来》是一部优秀的国产动漫，无论票房，还是口碑，都向我们证明了国产动漫的进步。这一部具有里程碑意义的动漫中蕴含的思想，同样和村上春树在书中阐述的理念不谋而合。我们每个人都是我们自己的孙大圣。当邪魔来袭，幼童死去，大圣所采取的方式便是回忆过去的种种，以此来迸发出拼斗的决心。

当然，在这部优秀的国产电影前半部分，也有一些类似回忆的桥段出现。那么，为什么这个时候，我们的孙大圣并没有恢复他傲人的实力呢？那便是回忆点的不同，亦或者此时的量变还没有达到质变的程度。当后半部分，师傅转世的死亡将前期所有的回忆串联在了一起，质变也就达到了。结果当然是皆大欢喜，我们的孙大圣再一次胜利了。

说起来，这样的结局真的很是老套。通过回忆过去来寻找到力量，这种桥段已经不知道被运用过多少次了。可是，我为什么就单单说《大圣归来》这部电影？它为什么会用这么老套的情节，却获得了这么好的成绩呢？想必，这也不必多加解释了，只单单一句话，真理使然。这样的方式是正确的，是被大众认可的，所以它成功了。而我们，难道还不能明白这样一个简单的道理吗？

当我们陷入绝望，陷入穷途末路的时候，我们应该开发我们脑海里的记忆，那是我们的宝库。当你寻找到那段正确的记忆，或者说那一串记忆，你会发现眼下的困难已经消失了，你已经找到了解决的办法。就如孙大圣，开心的、不开心的回忆被摄入脑中思考，回归本我，便带来势不可挡的力量。

心理过墙梯

困难是有蛰伏期的，当然，它也就具有了爆发期。无论我们遇到什么样的困难，哪怕它让你绝望，让你痛苦，甚至让你放弃自己的生活，我们都不应该被它支配。那么，如何学会在遭遇险境的时候，回忆以往，找到解决问题的办法呢？

一颗强大坚韧的内心

首先，我们需要一颗能够承受住困难的内心。困难或大或小，但是，当我们真的遇到了，我们不能害怕，不能在还没开始应对的时候，就给自己下了会失败的心理暗示。所以，我们须要坚持，不惧伤痛，不怕孤单。要使自己变得坚强，可以适当地增加一些体能锻炼，比如，俯卧撑你只能做一百个，那就试着去做一百二十个。因为身体上的一些超负荷训练也会有利于我们形成一颗坚韧的内心。

具有善于找到解决办法的积极思维

多读书，读好书，看一些名人传记，学习一些专业以外的知识，这些都有利于我们获得一个善于解决问题的思维。前车之鉴，后车之师。前人的问题，我们偶尔也会遇到。当我们已经从第三人的视角研究过类似问题时，我们还须要害怕吗？所以，多交流，多阅读，都会成为我们应对苦难的武器。

记录悲惨记忆的习惯

金鱼的记忆只有三秒，所以，店家总是告诫我们，少量投食，增加次数，不然金鱼就会撑死。这对于我们也是一样，记住自己经历过的困难，往后的日子里我们总会遇见类似的困难，或者用以往的方法也能解决的问题。若是我们没有一个时常自省的习惯，熬过一次便骄傲起来，不去反省自己，那么，总有一天我们会死在当初那个侥幸逃脱的困境里。

学会规避风险

以上我们都是在学习如何应对风险，如何在风险中找到解决问题的办法。同时，我们也要学会从根本上来应对这些风险。新生儿尚要一出生就打预防针，我们成年人的生活环境自然是更加恶劣一些，所以在危险刚刚开始萌芽的阶段，我们就应该树立防范意识，考虑后果。因果是个很玄妙的东西。在你深陷险情的时候，我们就应该知道是什么原因引起的。如果我们在一开始就能够意识到风险，那么，我们只须要将它扼杀在萌芽中，就会事半功倍。

4. 与猫对话，一切皆有可能

我以为你也知道来着——猫这东西，是习惯性很强的动物，生活大体上循规蹈矩，不喜欢大的变化，除非有特殊情况。所谓特殊情况，就是性欲或事故什么的，基本不出这两种。

——村上春树《海边的卡夫卡》

在村上春树的小说中，有很多地方出现猫的情节，其中《海边的卡夫卡》中就出现了人和猫对话的描述。《海边的卡夫卡》中有这样一段描写：

“那是，猫君们的社会完全是那样的。”中田说，“可是在人类社会，若不会写字，那就是脑袋不好使；若不会读书看报，那就是脑袋不好使。此乃金科玉律。特别是中田我的父亲——早已去世了——是很了不起的大学老师，专门研究金融学来着。另外，中田我有两个弟弟，两个都脑袋好使得很。一个在叫伊藤忠的地方当部长，另一个在叫通产省的地方工作。都住在大房子里，吃鳗鱼。单单中田我一个人脑袋差劲儿。”

人其实并不唯一，充其量也只是存在于生物链顶端的物种之一。在这个星球上还有很多与我们同在的物种，所以保持一颗谦卑的心极其重要。因为与猫对话，一切皆有可能。只要你的内心足够强大，就能随意地闭上眼睛，想象着猫的样子，跟他对话。当然，这是一厢情愿的做法，但是，心灵上你是得到自我反省和对话的。如《海边的卡夫卡》一书中，村上春树将“猫”这个物种，作为一个重要的角色，参与到了小说的故事中。其实，就是借猫来挖掘人性的内心。

纵观全文，猫这一角色的分量是很重的，获得了一个可以和人类平等对话的权利。作者用一种很自然、很平和的方式来描绘出一个属于猫的世界。这个所谓的猫世界其实与我们一样，猫有他的渴求，有他的行动方式以及生活习惯。猫喜欢晒太阳，喜爱吃鳗鱼，对母猫产生欲望，这一切都与人类世界如出一辙。而与我们人类世界对比，为何猫的世界同我们的世界差别并不大呢？这其实也是村上春树的一种希望，在构想的非现实之中，猫的世界是如此简单，如此安逸。这对于如今的人类世界来说，仿若一个世外桃源一般。

在这本书中，村上春树以一种极其平和的方式描绘了猫世界的平静安逸。虽然人类以一个极其暴力的方式摧毁猫的世界，可是，在这浅薄的层面之外，村上春树也一同告知了我们另一个隐含的意义。那便是突破人类现有的认知，其实一切都是可能的。

所有的情节，全部构建在猫自成一体的世界框架中。也就是说，猫儿除了外形与我们不同之外，它的社会结构，其实是存在的。

而这便足以激起我们人类的好奇心而产生探秘的欲望。保持对未知的探索，一切都是可以发生的。

如果没有中田这样一个缓冲点，或者中介人，那猫的世界便不存在了吗？答案或许是否定的，我们不能用固有的眼光和态度来衡量这个世界。

村上春树的确是用心良苦。他的眼光已经不再局限于单一的人类世界。我们并不知晓他是否对如今的社会产生了失望。在文章里，猫儿们惨遭屠戮，这或许表现了人类的残忍和自私。可是，村上春树这样的匠师，也并没有失去对人类的希望。

中田是一个标准的人类。即使生活技能缺乏，他却通过可以和猫对话来实现自我价值的增幅。这样的人，与世无争，没有坏心眼儿，所以他能接触到另一个世界。

当然，作者的视角在这里面起了很大的一部分作用。不过，凭借村上春树的手法，这一切也就变得更加容易让人接受。

同时，村上春树也是乐观的。他对人类依旧抱有希望。所以，在此书中，人类可以说是凌驾于猫世界之上。但是，村上春树依旧设立了一个只有依靠寻找失踪的猫咪才能获得认同的角色。这样一来，猫世界的存在便成了一个极其重要的成分。于是，一切皆有可能的认知便产生了价值。

人类对于未知的探索一直都没有停止过，就比如阿尔法狗。2017 年端午节的前一天，人类代表柯洁与阿尔法狗的最后一战结束了。在经历了将近三个多小时的鏖战之后，人类投子认输。这是一个多么讽刺的事情，人类败在了自己创造的机器手里。

0∶3，多么刺眼的比分。更有人总结道，职业选手和阿尔法狗现在的差距是全方位的，从布局开始到结尾，都无法对抗这一个冷冰冰的机器。

至此，人们开始高唱机器必将统治人类的悲情之歌。

当然，在这里无意抹黑伟大的人类发展历史，只是对赛前柯洁的豪言壮语有些无奈："就算阿尔法狗战胜了李世石，但它赢不了我。"

何其豪迈？可惜，最终败走麦城，唯有哽咽。警钟已然敲响，我们并不能代表真理，代表不了一切。"一切皆有可能"不再是一个口号，它应该成为一种共识，深深地刻在我们新一代人类的信仰之中。

猫儿可以与人类对话，机器已经打败人类，若是我们依旧故步自封，现有的一切必将惨遭颠覆。所以，积极地探索未来，扪心叩问，将"一切皆有可能"奉为指路明灯、人生信条，这才是我们需要学习的东西。

心理过墙梯

让我们放弃自身价值观，其实是一件很困难的事情。人类身居高位已久，让我们意识到一切皆有可能，这也是一个非常艰难的事情。它不仅仅须要我们树立这样一个信念，更多的却是要让我们保持谦卑，相信自身，积极地运用这样的信念来提升自我。而对于我们来说，要如何树立一切皆有可能的信念呢？

坚定信念

人类其实是一种标准的感情动物。信念在我们的行为中占据了很重要的地位。一切皆有可能，不可以只是一个空洞的口号。信它，它便存在。信它，它才能让我们更加成功。一往无前，"一切皆有可能"，这应该成为我们获取更高的人生价值的信念基础。

明白信念

一切事物的存在，是有多方面的。我们可以站在巨人的肩膀上看得更远，获取更大的价值，探寻更多的秘密。但是，我们的基础也必须是牢固、可靠的。万丈高楼平地起。若是我们仅仅树立一个信念，不去理解，不去明白，那么，这个信念即使可以支撑我们走过一段岁月，它也很有可能在未来的某一天成为我们倒戈的因素。明白信念的一个简单方法就是多分析我们意料之外的事物，思考它为什么跳脱于我们的料想之外。一切皆有可能，也不仅仅指成功的案例，她同样适用于我们的失败。

运用信念

坚定信念，明白信念，最重要的是会运用信念的力量。只要你会运用信念的力量，并且毫不气馁，那么，一切的可能必将在你的手中成为现实。

5 用遗忘还原初心，彼岸就在最初

我转身离开水潭，冒雪向西山冈行进。西山冈的另一边应有镇子，有河流，有她和手风琴在图书馆等我归去。

——村上春树《世界尽头与冷酷仙境》

人类是一个驳杂的体系，个人在这个体系中会采用接受、摒弃、习惯、妥协等这类方式来运行。时而成功，时而失败，不一而足。在我们牙牙学语的阶段，学会奔跑成为我们的目标。当我们实现了奔跑的目标，交际、实现自我价值又成了我们新的目标。人生便是一路跋山涉水，不断地获取心中所期的过程。

然而，无论我们走了多远，经历了多少成长的挫折，心中那一份最初的梦想永远都不要丢弃。只有这样，我们的人生才会圆满，我们才不会迷失在人生的各个岔路。

村上春树笔下的每一个主人公，他们或许是不同性别，或许是不同性格，但是，他们都会有一个相同点，在迷茫中挣扎，最后找到自我存在的意义。

或许我有些僭越，但是，我认为村上春树的书为何能引起年轻人的巨大共鸣，这是因为他完全明白当下年轻一代的迷茫，以各种超现实、奇异的手法和角度来平和地叙述这种心情。最终，他亦能在这些故事中教会我们如何打破这种枷锁。换句话说，就是从书中主人公的解脱中，让我们学到自足，学到成就自我的方法。

不忘初心，方得始终。以下是村上春树在《世界尽头与冷酷仙境》中的描述：

我与影子经历了许多，甚至可以说影子帮我解决了很多问题。可是，到最后只要一个纵身一跳就可以解脱的机会，我依旧放弃了。

不是贪恋，有了影子的陪伴，我或许可以在外面的世界活得更好，但是，正是因为心中那最初的梦想得以实现，我才更加坚定留下来的决心。

我转身离开水潭，冒雪向西山冈行进。西山冈的另一边应有镇子，有河流，有她和手风琴在图书馆等我归去。我看见一只白色的鸟在漫天飘舞的雪花中朝南面飞去。鸟越过围墙，消失在南面大雪弥漫的空中。之后，剩下的唯有我踏雪的吱吱声。

交涉的方式是平和的。村上春树的文字即使在描述暴力场面时，也是以一种平和的方式进行，或许这就是为何村上春树会获得大部分青年拥戴的原因之一。

可是，即使这种很安静的方式，其爆发出来的力量也不容小觑。如此经历了许多，最终才领悟了，只有那最初的梦想才是最值得守候的。

人们往往会迷失在成就了最初的梦想的满足感之中，虽然那会给我们带来一时的愉悦，但是，一时的芬芳必定不能永恒。更有甚者误将那阶段性的成功当作自己的最终奋斗目标，以至于彻底迷失在社会发展的漩涡之中。

其实，生命的真谛不是那些虚浅的表象，它存在于我们每个人心灵的深处。内心便是初心，或许我们时有迷茫，迷失本心，甚至我们很难用一些可以标记的方式来提醒我们。但是，在我们完成一个阶段目标，再一次站在选择的关卡之前，在不停地观望、判断的时候，往往便能感知到它的存在。

李嘉诚、马云是中国当今的商业巨擘，关于他们的报道可谓铺天盖地。香港李嘉诚控制的企业集团，现如今的支付宝时代，全都向我们展示着这两位的实力和地位。

大浪淘沙。在那个年代，敢于拼搏的人并不在少数。在那个时候，敢于下海的人已经算是走出了成功的一步。可是，前面提到的这两位做到了不忘初心、方得始终。

止贪。几乎每一个人都是爱财的。钱嘛！谁不喜欢呢？可是，他们却能克制住贪婪。他们或许很艰难，但是，必定很成功地坚守了自己的内心。马云说过，他不喜欢钱，他要的只是一个属于自己的空间。在这里，人们可以获得方便、快捷的生活。终于，他做到了，他完成了最初的梦想，所以他功成身退了。

支付宝 CEO（首席执行官）换成了马云自己的手下。其中或许有些不舍，毕竟是自己养大的孩子。但是，马云为了自己的那颗初心，最终还是迈出了这一步。

从此，马云逍遥自在，拍电影，上台唱歌，过得潇洒。

所以，当你膨胀或者失望的时候，你应该想一想最初的你，最初的那个愿望。你会突然发现，其实，你的追求很简单，是自己想得太过复杂而已。有时候，回归自我，才是最好的生活方式。

心理过墙梯

人其实是一个欲望的结合体。一个小小的推动，有时候便能够让我们迈入万劫不复的地步。

在历史的长河中，有很多人是完全可以获得成功的。但是，欲望让他们产生了贪恋，不知足让他们忘却了本心。那些失败的案例中，有很多都是因为迷失了自我。而处于当下的我们，要如何才能不忘初心，方得始终呢?

明确初心的意义

目标是初心的一部分，可是，初心不单单是指目标。我们不能局限在或者迷失在阶段性的胜利之中。所以，不忘初心的前提就要时刻提醒自己。并且，在树立初心的同时，我们要认真对待，认真审视，设立的初心是否正确，是否和社会价值观相悖。

不为外物所迷惑

大千世界，无奇不有，更有许多我们不能承受的诱惑。一次出轨，一次受贿，一次抄袭，这些事情或许小得如尘土般不值得一提。可是，在很大程度上，它是有悖于我们的初心的。要想不忘初心，就要摒弃那些不良风气，保护内心的纯洁。只有这样，我们才可以在未来的道路上越走越远。

学会知足

人最大的敌人便是贪心。因为贪心，我们可能会无所止地索取。

为了满足心里的贪恋，我们更有可能做出很多有违初心的事情。所以，知足常乐是一个必要的心性。当然，这里的知足也不是说失去拼搏的奋斗心。拼搏奋斗，是一种高尚的品质，有利于我们实现人生价值。而我所说的知足，主要是指不能贪得无厌。举个简单的列子，按劳分配的时候，我们或许会受到不公平的对待，但是，我们不可以产生消极的情绪。当回报达不到我们的期望时，我们完全可以再次拼搏，再次奋斗，以此来完成我们的期望。所谓知足便是这个意思。它是我们拼搏的动力，而不是钩心斗角的理由。

6. 与现实保持距离，无限铸造未来

我无法明确认识自己的心，而就这样重新开始了读梦。寒冷一天胜似一天，工作不能永远拖延下去。至少，在集中精力读梦的时间里，我可以暂且忘记心中的失落感。

——村上春树《世界尽头与冷酷仙境》

梦与现实是相通的，又是相悖的。日有所思，夜有所梦，这本是人之常情。我们可以基于现实之上，展望未来；也可寄希望于未来，拓展现实。

梦是我们生活中必不可少的一部分。它或许是我们在另一个纬度的投射倒影，也有可能是现实生活中深层次的展望。

但是，梦又是难以读懂的。寻常生活中，人类的大脑只开发了极小的一部分，而在梦境中，许多我们难以理解的世界、结构、体系，数不胜数，让人震惊。

所以，在梦境中开发未来，几乎成了我们生活的一种常态。

下面是村上春树在《世界尽头与冷酷仙境》中的一段描述：

我无法明确认识自己的心，而就这样重新开始了读梦。寒冷一天胜似一天，工作不能永远拖延下去。至少，在集中精力读梦的时间里，我可以暂且忘记心中的失落感。然而另一方面，越是读梦，一种形式不同的虚脱感越是在体内膨胀。究其原因，在于

我不能理解古梦所倾诉的形象性语言，无论我读得如何专心。我可以读它，却不能理解其含义。如同日复一日地阅读不知所云的文章，又如每天观看流逝的河水。哪里也没有我的归宿。读梦技术固然有所提高，但不能给我以慰藉。技术的提高仅仅使得我可以卓有成效提高读梦的数量，而继续这种作业所带来的空虚反倒一发不可遏止。为了进步，人可以继续付出相应的努力，问题是无处可供我进步。

在此书中，读梦是主人公寻求解决方法的重要方式。唯有读梦，主人公才可以暂时忘却心中的失落感。这何尝不是作者对于人性的一种剖析和劝解。生活艰难，我们唯有依靠梦来获得指引。它或许是你夜间酣睡后的梦呓，或许是一种心灵上的渴求。

但是，无论如何，我们或多或少都可以从中找寻到属于自身的临界点：一种质量互换的临界点，一种爆发的临界点，一种可以消除迷茫的临界点。

我们再来看村上春树在《世界尽头与冷酷仙境》中的一段描述：

我则闭目合眼，深深吸气，开启心扉，用指尖摸索头骨叙述的故事。但其语声过于细微，映出的图像犹如黎明空中的远星一样扑朔迷离。我从中读出来的，不过是几个不确切的片断，无论怎样拼凑，都不可能把握整体。这里绵亘着看不见的风景，流淌着听不见的音乐，低吟着理解不了的话语。它时而突然跃上顶峰，时面急剧沉入黑谷。一个断片同另一断片之间不存在任何共通之处。恰如快速转动收音机的调谐钮从一个台调往另一个台。我试图用各种方法尽量将精神集中于指尖，结果纯属徒劳。我觉察得出古梦是想向我倾吐什么，而我却无法将其作为故事解读出来。

在很多时候，我们可以经历梦，但是，却不能从中找到可以启发我们的东西。人的幼年时期非常关键。就好似一棵树苗，从种子发育到萌芽，需要很长的一段时间，而在此阶段，你获得了怎样的养料补给，你是否天生具有了长成参天大树的天然优势？

我们是否可以完整地解读我们的梦境，从而从中找到可以启发我们的临界点？这个临界点是否可以成为我们树立初心的精神条件？

这些依靠我们单一的梦境是无法理解的，唯有将梦境和现实联系在一起，互相做证，互为依靠，我们才能知道我们要的是什么。也只有这样，我们才能从中找到有效的精神支柱，从而支撑起我们的行为。

书中的主人公无法明确自己的内心，从而开始读梦。为何一个成年人也会迷茫呢？我想，那是因为主人公渴望的不仅仅是现实生活的安逸。从追寻自我的角度来说，他或许更加渴望的是内心的宁静。

现实生活中有很多迷惑我们的地方。灯红酒绿，夜夜笙歌，那些浅薄的享受，无时无刻不在侵蚀着我们的内心。那些获得成功的人，无一不是摒弃这些恶习，将之视为逢场作戏，在内心深处与其隔离。只有这样与现实保持距离，我们才可以无限地铸造未来。

现如今这个社会，各类商业活动层出不穷，“共享”一词，成为全民性的理念。如共享单车、共享汽车，更有甚者共享雨伞、共享充电宝等。

这些商业行为有些成功了，有些失败了。但是，无论成功与否，共享这一行为，都是人类对于社会发展的一次拓展。而把这种社会商业行为，代入到我们此次叙述的论点当中，也能很好地说明，梦和现实之间的联系。

总结来说，梦与现实，互为隐喻。就结果来说，梦的拓展有成功，也有失败。正如马云所说，人还是要有梦想的，万一实现了呢？

马云的这句话一度成为许多创业者的座右铭。创业者须要无时无刻地激励自己，所以人须要在梦想中不断奋斗。如果你瞻前顾后地考虑现实，很有可能就退缩了。通常而言，创业需要一颗“先做事”的誓死之心才能促成。特别是面对一个全新的商业模式时，需要更多的是梦想。只有靠梦想支撑你的行为，才能更好地推进实际的事情进展。马云就是靠着一腔热血，满怀希望，不断创造，最终才构建出了如今的商业帝国。其实，梦想和现实二者相辅相成。不过，至少我们可以判断出每一个成功的商业行为背后，必然有一颗火热的心。

这就是我们在这里要强调的，生活需要破釜沉舟的魄力，跟现实保持距离，努力拼博，才能创造崭新的未来。

心理过墙梯

梦与现实之间的联系，一如真实和虚幻，成功和失败。我们不能以世俗的眼光来看梦，也不能只是将其视为毫无意义。从内心出发，不断地探索我们的内心，将梦境中的种种和现实生活相比较。或许这样，我们才可以在未来的道路上越走越顺。

故此，我们要如何分辨梦境中的对错，又如何将梦境和现实联系在一起呢?

尊重梦的起源

当一个人失落的时候，那就是最容易混乱的时候。意乱则情迷，这个时候我们总会产生有意或者无意的梦。而此刻的梦，便成了我们找寻办法的良机。其实，人脑是一个巨大的宝藏。就算是伟大的爱因斯坦，不过也只是开发了区区百分之二十的大脑。所以说，当我们潜意识中出现了对现实世界的指示时，我们应该尊重它，并且积极地研究它。只有这样，我们才能取得突破，抓住良机。

分清梦境与现实之间的差别

在人类的科学研究中，梦的产生有很多种原因，大致可以列为以下四点：客观的感觉刺激，主观的感觉刺激，内部躯体刺激，纯粹精神兴奋。记住这四点，可以筛选出对我们有利的梦。我们所做的梦，大多是虚无缥缈的，也有很多是有生活来源的。只是我们有的时候很难找到那些产生梦的源头。但是，有一点我们必须牢记，梦来源于生活，它是生活片段的截取、总结，往往是我们对现实的真实反馈。

受到启发，便要积极行动

当我们具有了一点能力，并且意识到梦给我们带来的指引时，我们就必须当断则断，不要犹豫。只要行动起来，就会有希望。即使失败了，失败也会成为我们下一次成功的垫脚石。不怕失败，相信自己，即使是一个小小的梦，如果感觉自己受到了启发，那就要不遗余力地按着梦的指引去完成现实生活的目标。不可以犹豫不决，年轻便是资本，没有必要因为那一丝的犹豫，而浪费了宝贵的时机。

Chapter 4

素养与习惯决定一生

一个人的素养与习惯往往决定了一个人的命运。因为人的未来很多时候是靠你的具体行为来决定的，而你的具体行为又被素养和习惯左右。所以素养和习惯就成了命运的方向盘。本章将带你走进村上春树的小说情节，认识小说里的那些至理名言，然后，展开分析，让你明白如何提高你的素养以及改变你的习惯。

1. 良好的读书习惯，给人生充点儿电

可以坐在椅子上尽情看书。放学回来，我就骑自行车去离家近的区立图书馆。休息日的大部分时间也一个人在那里度过。故事、小说、传记、历史，大凡那里有的，抓起什么看什么。面向小孩子的书大致看罢，就转去一般性书架，看大人们看的书。即使看不大懂的书我也坚持看到最后一页。看书看累了，便坐在有耳机的单人座上听音乐。因为对音乐一无所知，就从右边开始一个又一个依序听下去。如此这般，我遇上了埃林顿公爵、甲壳虫和齐柏林红飞艇等音乐。

——村上春树《海边的卡夫卡》

看书是一个人获得知识的重要途径。人的一生须要学习很多东西，有些是通过劳作获得，有些是通过请教获得。除此之外，读书是可以获得精神感悟的重要方式。

村上春树笔下的主人公无一不是养成了这个重要的习惯。一杯咖啡或者喜爱的藏酒，一个人窝在图书馆，亦或者任何便于读书的地方，这其中的滋味让人羡慕不已。其实，读书是一种素养和习惯。在村上春树的《海边的卡夫卡》一书中，有这么一段描述：

可以坐在椅子上尽情看书。放学回来，我就骑自行车去离家近

的区立图书馆。休息日的大部分时间也一个人在那里度过。故事、小说、传记、历史，大凡那里有的，抓起什么看什么。面向小孩子的书大致看罢，就转去一般性书架，看大人们看的书。即使看不大懂的书我也坚持看到最后一页。看书看累了，便坐在有耳机的单人座上听音乐。因为对音乐一无所知，就从右边开始一个又一个依序听下去。如此这般，我遇上了埃林顿公爵、甲壳虫和齐柏林红飞艇等音乐。

这段描述很好地概括了书中主人公的性格特点。而在现实生活中，我们不妨把它称之为一种素养和习惯。

读书能让人安静下来，人能从书中找到很多有用的知识，而安静又是一个很好的习惯，往往能把人带到一个不浮躁的境界里去。只要人有了不浮躁的心，做事就会稳重许多，而出篓子的概率也就会大大减少。

可以看出，在村上春树的很多小说里，主人公都是依靠读书来寻找自我价值的实现。在《海边的卡夫卡》中，主人公亦是如此。且不说主人公从书籍中获得了哪些具体的知识，单是喜爱读书这一点，便让卡夫卡获得了许多友情、亲情。

在《海边的卡夫卡》一书中，主人公靠自身气质获得了樱花的帮助。又靠着对于文学所产生的相似认知，卡夫卡获得了大岛的帮助。这两个推动剧情发展的人物，全都和卡夫卡良好的读书习惯有着或多或少的关系。

让我们回到现实生活中来。看一看，一个良好的读书习惯可以有多大的作用呢？

第一，读书可以填补自己的内心世界。多读书就能养成学习的好习惯。就像是吃饭睡觉一样，经常读书就能养成一个固定的学习习惯，甚至一段时间内不读书就会感到内心空落落的，须要用读书来填补自己空虚的精神世界。

第二，读书可以广知天下事。多读书可以增加知识量，提高能力。书是知识的源泉。读书能够增长见识，开阔眼界，不出门便知天下事。“读书破万卷，下笔如有神”。读书多了，脑子里积累的知识多了，写文章就会更加富有文采、美感。

第三，读书可以陶冶情操。多读书可以修身养性。所以，古人云“腹有诗书气自华”。一本好书就是一位良师益友，其能够教会我们很多做人的道理。多读书能让人获得高尚的情操，使人知书达理，温文尔雅，有风度。

第四，能从书中找到理性的知识来解决生活中遇到的困难。多读书可以给自己一个客观的定位。读书可以调节身心健康，使人明白生活的意义，找到自己生活的位置和生存价值，使人更加理性，并且能找到正确的方法来解决困难。

第五，多读书，可以让自己的心灵更加豁达从容。读书能使人变得聪明，给人以智慧和知识，让人明白生活的哲理。读书，可以激起我们对生活的热情，从而更好地活着。一本好书可以影响一个人的一生。

第六，多读书能让自己在工作生活中崭露头角。多读书可以丰富知识量，提高能力，解决更多的难题；可以明事理，更好地与人沟通，结交更多的朋友；可以解决思想上的压力、感情上的困惑，让人豁然开朗。

伟大领袖毛泽东主席，他的身上有很多值得我们学习的地方。伟人爱读书，这是人尽皆知的事情。在战争年代，在如此艰苦的条件下，伟人也不忘阅读中外书籍。

一个原因是伟人的习惯使然，而另一个原因便是伟人可以从书中获得大量的可以使促革命发展的理论。

前车之鉴，后车之师，无数成功或者失败的案例都给伟人提供了可以思考的鉴借点。

所以，读书，养成一个良好的读书习惯，给人生充电，这真的是极具意义的行为。

心理过墙梯

读书破万卷，下笔如有神。多读书可以为我们增加知识储备，可以让我们获得更好的人生方向，可以说这其中奥妙无穷。只要养成了读书的习惯，未来即可期。那么，对于我们来说，如何养成一个重要的良好的读书习惯呢？

多读书，读好书

你读《孙子兵法》，读古文名著，和你读八卦，读成人小说，这其中的差别，我想只要是个有脑子的人都会明白吧。所以，读什么书是我们首先须要确立的事情。无非是两点：首先，读那些名著、名人传记；其次，找那些符合自身情况和自己喜好的书。一本书再有意义，你不喜欢，读再多遍，也是枉然。

记录所读所想

人在不同的阶段，对于同样的知识点都会有着不同的感悟。记录下你此刻的所感所想，必将有利于你以后的生活和工作。同一本小说，在初中时期给了你怎样的感悟，到了高中以后你是否还有相同的感悟呢？记录下每一次的感悟，互证有无，可以更好地完善自我的思想。

挑战性的选择

前面也说了，选择和自己志趣相投的书籍很重要，这可以让我们更快地形成自己的价值观。但是，实际上对于我们来说，青少年时期的很多思想都是很不成熟的。有些书籍名气很大，必然有一定的道理。尝试着去阅读它，不仅可以完善自己的价值观，还可以历练自己。能坐下来读一本你不喜欢的书，至少你先赢了第一步。

2. 有规律的路子，有节奏的人生

为了这一天，上初中后两年时间里我一直努力锻炼身体。从小学低年级开始我就去学柔道，成了初中生后也大体坚持下来了。但在学校里没参加体育俱乐部，一有时间就一个人跑马拉松，在游泳池游泳，去区里体育馆用器械锻炼肌肉。那里有年轻教练员免费教给我正确的伸展运动方式和器械使用方法——如怎样做才能使全身肌肉快速强劲，哪块肌肉日常生活中使用，哪块肌肉只能通过器械强化，等等。他们教我卧举扛铃的准确动作。幸运的是我原本长得高，每天的运动又使肩部变宽，胸脯变厚。在不相识的人眼里，我应该足有十七岁。如果我十五岁而看上去又只有十五岁，那么所到之处势必麻烦缠身。

——村上春树《海边的卡夫卡》

在《海边的卡夫卡》里，我们认识了一个事事注重细节、生活细腻的卡夫卡君。以上这段描述充分体现出了他的生活习惯，从上初中开始坚持锻炼身体，而且，还根据年龄制订出各种健身计划。所以，卡夫卡君才会对未来的生活有主见，有节奏。下一步该做什么，不该做什么，全在他的计划之内。

我们再来看一看《海边的卡夫卡》中另外一段描述：

想了想，我决定带走手机。发现手机没了信号，父亲有可能同电话公司联系取消合同，那一来就毫无用处了，但我还是把它放进背囊。充电用的变压器也放了进去。反正东西轻，知道没用处时扔掉即可。

背囊里我决定装无论如何也少不得的东西。衣服最不好挑选。内衣要几套吧？毛衣要几件吧？衬衫呢，长裤呢，手套、围巾、短裤、大衣呢？考虑起来多得很。不过有一点是明明白白的，我可不想扛着大行李以一副十足出走少年的形象在陌生的地方游来逛去，那样很快就会引起别人的注意，或者转眼之间就被警察领走，遣送回家，或者同当地的地痞无赖同流合污。

不去寒冷地方即可。我得出这样的结论。这很容易，找暖和地方就是。这样就用不着什么大衣了。手套也不用。不考虑防寒，必需衣物足可减去一半。我挑选容易洗容易干又不占地方的薄衣服，叠成一小团塞入背囊。除了衣服，还装了这样几件东西：可以排除空气小小叠起的四季通用睡袋、简易洗漱用具、防雨斗篷、笔记本和圆珠笔、能录音的索尼 MD 随身听、十多张唱片（音乐无论如何缺不得）、备用充电式电池。大致就这么多了。野营用的炊具大可不必，太重太占地方。吃的东西可以在小超市里买。如此花了很长时间，终于将必需用品一览表缩短了许多。这个那个写上去不少，随即勾掉。又加进不少，又勾掉。

在《海边的卡夫卡》这一部小说中，主人公为了自身目的进行的这些准备便照应了我们此段所说的内容。一系列的储备、猜想、计划以及应对，每一步都是卡夫卡这个仅十五岁的少年把握自身节奏的真实写照。当我们树立了目标，全身心地投入进去，你会发现节奏无所不在，好似做每一件事都非常有意义，都是在为未来铺垫。

只要有了准备，只要生活有了节奏，你的行为和思想就会变得成熟稳重。我们再看另外一段描述：

车上座位仅坐满三分之一。乘客大半都是和我一样的单客，车厢静得有些不自然。到高松要跑很长的路。看时刻表，要跑十个小时，明天早上到。但时间长短不在话下。倘说时间，现在的我可是要多少都有。晚上八点多汽车刚出总站，我就放倒椅背，躺下睡了过去。身体一沉进座位，意识就好像电池没电一样模糊起来了。快半夜时突然下起了大雨。我不时醒来，从廉价窗帘的缝隙看夜幕下的高速公路。雨点出声地猛打车窗，沿路排列的路灯变得隐隐约约。路灯宛如刻在世界上的刻度，以相同的间距无限延展开去。新灯光被拉到跟前，下一瞬间便成旧灯光闪去背后。意识到时，时针已移过半夜十二点，我的十五岁生日于是自动来临，就好像被谁推上前来的。

“生日快乐！”叫乌鸦的少年说。

“谢谢。”我应道。

但预言如影随形地跟着我。我确认自己周围的墙尚未崩毁。我拉合窗帘，重新睡去。

以上这段描述，让我们看到了一个成熟的十五岁少年的内心世界。我们不禁要问，是什么让一个十五岁的少年在陌生的环境里还可以这么冷静？对未来的恐惧并没有让他胆寒半分，反倒像个成年人一样信心十足。想必，这便是人生充满了节奏感的结果。

古往今来，多少人才、明星如过江之鲫。其实，细细想来，人类社会的发展也是在节奏中进行的过程。当人类第一次运用蒸汽机的时候，便拉开了蒸汽时代的序幕。在那个年代，以蒸汽为动力，历史上称为第一次工业革命。当人类发明了发电机后，电力便代替了蒸汽，开启了以电力为动力的第二次工业革命。而时间进入现代，最为重要的发明是网络。于是，我们步入了信息时代。宏伟的世界发展，尚在自身的节奏之中，作为我们个人，难道不应该更加积极地拥抱生活，找寻属于自己的节奏么?

一次比赛，一次博弈，我们或许会和很多人竞争。在这种竞争中，比拼的方面有很多。有时候，我们会因为紧张而手足无措，呼吸困难，手脚冰凉……

而这正是丧失节奏的典型现象。若是无法找回节奏，势必会落得败北的下场。故此，节奏的产生、运用以及保持都需要我们用心去维持。

即便如卡夫卡，如果没有一个良好的习惯，善于寻找自身的节奏，他又如何获得新的生活？纵使这个新生活不一定是他喜欢的，未来还是充满许多未知，但是，他拥有了节奏，即使有再大的困难，想必都可以战胜。

心理过墙梯

节奏是一个挺重要的东西。可以说，日常生活中，我们都需要找到自身的节奏。只有这样，我们才不会迷茫，才不会失去方向，才能找到自己的归属感。而我们作为个人，如何才能更好地去把控和掌握自己的节奏呢？

明白什么是节奏

节奏是一种感觉。当我们在做某件事的时候，我们的目的是完成它。而当我们在完成这件事的过程中，我们的身心都会有一种节奏感。具体说来，当你跑马拉松的时候——这是个艰巨的运动——节奏就显得极为重要，呼吸和步伐的节奏应保持一致。当你奔跑的时候，呼吸是否不顺畅？若是，那么你的节奏便是错乱的；如果不是，你感觉很好，那么，这个节奏便是适当的。

失去节奏不要惊慌

找到节奏，十分重要。当我们找到自身节奏的时候，在事情发展的过程中须要保持节奏。但是，保持节奏是一个很费力的过程。而且，并不是找到节奏便可以一劳永逸。如果一时疏忽，失去了正确的节奏，我们不可以惊慌。因为越慌，越容易犯错。这时候就是考验我们的时候。回忆正确的方向，向着正确的节奏靠拢，这才是我们正确的做法。

保持节奏

找到正确的节奏，并且始终保持下去，其实蛮困难的。有的人终生忙忙碌碌，却毫无建树，原因就是没有找到属于自己的节奏，或者找到了属于自己的节奏，却没能一直保持下去，只能得到一个失败的人生。有多少所谓的天才因此而被淹没在历史的长河之中。所以我们在身处正确的节奏中的时候，更要去保持它。

3. 心不急，走稳每一步

初中课堂教的知识和技术，很难被认为在现实生活中有多大用处，是这样的。老师也差不多全部不值一提。这我晓得。可你得记着：你是要离家出走的。而那一来，日后进学校的机会几乎等于零。因此最好把课堂上教的东西——喜欢也好讨厌也好——一点不剩地好好吸进脑袋。权当自己是块海绵。至于保存什么抛弃什么，日后再定不迟。

——村上春树《海边的卡夫卡》

这是村上春树在《海边的卡夫卡》一书之中的一段文字。主人公很早以前就计划离家出走，但是，他并非鲁莽行事。离开家之前，他先想到的是以后没机会在学校学习了，于是不管怎样都要先把老师的东西一股脑儿地先装进脑袋里，至于用不用得上，日后再定也不迟。

是的，最难安放的东西，从来都是人心。有准备地做好事情，就能让结果变得更加接近成功。所以，做任何事，都要心不急，走稳每一步。

少年田村很久以前，就一直在谋划着离家出走。在年轻的头脑之中，一点一点地规划着自己离开的步骤，一点一点地践行着自己的计划。仿佛这一切，是一场按部就班的演出。

少年时期的离家出走，曾经一度是“头脑发热”的代名词。然而，田村却做得非常完美，不急不躁，步步为营。当然，结果也不错，充分的准备让他得到了一个满意的结局。

这难免让人想起，太多的少男少女们在躁动情绪的支配下，宣泄着自己的情绪，大步流星地走出家门，将门框摔得砰砰作响。但最终的结局，却是垂头丧气，偃旗息鼓地归来。

正如人们所说，真正的离开，从来都是悄无声息的。抛开这件事情本身的对错不谈，很显然，田村的离家出走，做得非常漂亮。没有故作镇定下的张皇失措，而是有条不紊地开始了新的生活。

这个世界上，有太多的焦躁，对于绝大多数的芸芸众生皆是如此。急着上学，急着就业，急着结婚，急着生子，仿佛稍晚一步，就会错过整个人生。

殊不知，人生，就是这样在焦躁中被莫名地、无端地消耗掉了。明确目标是好事，但是，能够淡然地看着远方的目标，犹如雨夜里，航船上凝望着灯塔的瞭望手一样，宁静航行，这才是最难能可贵的品质。

看得出，在书写这本读物的时候，村上春树的笔触自然而然地流露出了对于这种性格的偏好，自然到犹如是在书写日记，记录自己一天的行迹一般。

目标就在那里，它不会变得更远，所以要做的，只是安安静静，不急不躁地走好每一步。每当迈出一步，就可以抵达接近目标的最高记录。

是啊，有什么好担心的呢。

安心，并不是一件容易的事情。太多的刺激，太多的焦虑，太多的诱惑，这些五彩斑斓的东西，争先恐后地出现在我们的面前，迷了我们的双眼，遮挡了现象背后的本质。

弗洛伊德认为，动机型的遗忘是与不安相关的遗忘，其本质是一种压抑，是让人们维持心理平衡的一种防御机制。

简而言之，那一颗难以安放的心，是促成了太多慌乱的元凶，是逃避乃至放弃目标的起点。

安下心来吧，走稳每一步。因为心一旦安下来，便是不动如山，便是泰山崩于前而不变色的从容和淡然。那样的你，会发现困难并不存在，横亘在你眼前的，只是通往目标的一排路标。

心理过墙梯

不可否认，安心下来，淡然地走好每一步，是很多人想要拥有的一种境界。我们未必能够时时做到这一点，但这并不影响我们去追逐这样的状态。

分清安心和逃避的本质区别

生活之中，存在着这样一种“安心”的假象。我们总可以看到一些仿佛“淡然处事”之人。他们永远保持着悠然的状态，仿佛连语速和心跳都与生俱来地缓慢。

很多人，尤其是他们自己，会将这种状态解释为“淡定”，但事实并非如此。这种“淡定”，只是对心底慌乱的掩饰。

当人在心底，认定自己对某件事情已经“无能为力”的时候，部分人就会使用这样的方式，来掩饰自己的慌乱，并且，借此来逃避内心的负面情感。

如何区分逃避与真正的安心？对未来是否有清晰地把控，是这两者之间的明显区别。

安心者，理解自己的目标，同时，知道实现目标的过程和方式。他们不急不躁，表现出的是一种胸有成竹的自信。

而逃避者，只是在借助表面的“安心”来自欺欺人。如果询问他们目标是什么，以及如何实现目标，恐怕便会支支吾吾，遮遮掩掩，说不出个子丑寅卯。

提升规划的能力

慌乱的本质，是对自己无能的恐惧。故而在目标面前，很容易被距离感所迷惑，被遥不可及的感觉轻易地逼到了“绝望”的地步。

事实上，这都是缺乏规划能力的表现。透过现象看到的，不只是困难。看到远山迷雾，最应当想到的，是脚下的路。

从细节做起，将规划能力作为培养的重点，习惯于有条不紊，心方可安。

适当地拆分目标

优秀的长跑者，总是将自己的赛程分为若干赛段。

不可否认，一眼望不到尽头的道路，会给人以巨大的压力，并且，容易造成恐慌。从心脏第一次跳动开始，这种弱点就潜藏在人类的基因之中。

作为一个无法规避的弱点，则应当对症下药地将其“消解”。或许长远的目标，会令人感到迷惘和绝望。在这个时候，将目标逆推，并且拆分，却是一个不错的办法。

不用过多的担心所谓“走一步看一步”的指摘，拆分目标和“看一步走一步”，有着本质的不同。

思先而行后，拆分目标，步步为营，不正是一步一个脚印的写照吗？

4. 维护自己的爱好，使其成为生活润滑剂

图书馆好比我的第二个家。或者不如说，对我来说图书馆才是真正的家。每天跑图书馆，和女司书们彻底成了熟人。她们记得我的名字，每次见面都打招呼，话语充满温情。（我这人害羞得很，未能好好应答）

——村上春树《海边的卡夫卡》

这是《海边的卡夫卡》一书中的一段文字，也是村上春树行文笔触之下最令人心动的佳句之一。所谓佳句，不只是堆砌华丽的辞藻，也不只是基于语法结构上的炫技，而还要在平缓的叙述中，流露出的让人如沐春风的舒适与感动。书中的主人公在图书馆里坚持自己的爱好，不管到哪里都要保持读书的习惯。这是他生活不浮躁的一个原因，也是他前行的润滑剂。试想，如果主人公不继续保持他的爱好，估计他将变得十分浮躁，忘记自己的初心。

兴趣是生活赠予每个人最好的礼物。能够拥有一种不受时间、空间所限制和影响的兴趣，是人生之中最大的幸事之一。

很多人曾经试图去探寻兴趣对于我们每个个体的意义何在。在众说纷纭之中，我们不妨来仔细品味一下马斯洛的观点。这位著名的心理学者，曾经提出过一个蜚声全球的“人类需求层次”理论。在这个理论中，人类需求被分为五个层次：“生理需求”，譬如食物、空气、性欲、健康等；“安全需求”，诸如各种福利保险，以及对生

命财产的保障所带来的安全感；“社交需求”，即在社交关系中，获得认同所带来的满足感；“尊重需求”，也就是我们常说的成就、名声、地位等。

以上四者，由下至上，分别是马斯洛所提出的最低、次低、第三、第二层次的需求。而最高层次的需求，马斯洛称之为“自我实现”的需求。这种需求的具体表现形式，包括责任感、使命感等不一而足。而人心灵深处，自身的爱好和兴趣，本身就是这种自我实现的一部分。

我们再来看一段《海边的卡夫卡》中的描述：

我可以独占这优雅的房间。与杂志上的照片一样，天花板高高的，空间大大的，气氛暖暖的。大敞四开的窗口时有清风吹来。洁白的窗帘悄悄摇曳。风仍夹带海岸气味。沙发的坐感无可挑剔。房间一角放着竖式钢琴。心情简直就像来亲朋好友家玩耍。

坐在沙发上东看西看的时间里，我意识到这房间正是我长期寻求的场所。我无疑是在寻找仿佛世界凹坑那样静谧的地方，可是迄今为止那只是个虚拟的秘密场所。那样的场所居然实际存在于某处，对此我还不能完全信以为真。我闭目合眼，大口吸气，于是它像绵软的云絮驻留我的心间，感觉妙不可言。

村上用自己轻灵的文笔，勾勒出了一副生动的图景。离家的少年，在他乡孤身独处。这原本是一件让人感到沮丧，甚至凄凉的故事。然而，在这段文字中，我们读到的却是一种犹如归家一般的温暖和安详。书籍的慰藉，让少年田村摆脱了太多的负面情绪，而多了一份恬淡和释然。所以，保持一份良好的习惯，能让你在各种环境中不至于乱了方寸。它可以让一个人在看似索然的环境中，保持着一种新鲜、昂扬的状态。

很多时候，兴趣在我们的生活中，总是以“润滑剂”的面貌出现。但是，实际上兴趣对我们的意义，要远大于我们所想象的。

出现在冰天雪地之中，它就是你搜索依恋的“红泥小火炉 ”；出现在炎炎夏日之中，它就是那清明自在的“半亩方塘”“天光云影”；出现在绝望和悲伤时，它就是催动心脏继续有力搏动的一剂小小的强心针。

梁丽是一个乡村姑娘。她从小就喜欢编织毛衣，有一手好手艺，但是织毛衣毕竟不能当饭吃。22岁时，梁丽到一家公司打工。勤奋聪明的她在车间里只干了半年，就当上了生产线的领班。哪怕是上班很忙、很辛苦，梁丽对织毛衣的兴趣依然有增无减。她闲时总要买回一些毛线织些东西，过一把瘾。

时间就这样一天天过去了，虽然梁丽已经拥有一份还算不错的收入，但她总希望能够拥有一份属于自己的事业。梁丽不由得想到了织毛衣，可是在大城市手织的毛衣有谁会穿呢？就算是梁丽给自己织一件穿，也一定会被人笑成是老土。梁丽开始沮丧了。

一个周末，梁丽和朋友一起去博物馆参观。看着那一件件古朴典雅的器具，她动了心。她以前编的图案都是平面的。如果她能够钩编出这样的立体图案，一定很新奇，肯定会引起非常大的反响！受到启发的梁丽决定用最原始、最古朴、最回归自然的材料和方式编织这些最古老的艺术品。

梁丽用业余时间设计出了青铜鼎、古瓷瓶等物件的编织方法。

在材料方面，她也不再局限于毛线。根据不同的图案特点，她采用毛线、棉线、麻绳等不同的材料。她用了大约两个月的业余时间，终于编织出了许多惟妙惟肖的青铜鼎、古瓷瓶图案。随后，她来到附近的夜市上销售这些手工制品。这些让人耳目一新的手工艺品很快吸引了人们的目光。只用了一个晚上，梁丽就把那些“青铜鼎”和“古瓷瓶”卖了个精光。

经过两年的努力，梁丽如今已经拥有自己的公司，把毛线编织工艺品做得炉火纯青，每年营业额数千万。

梁丽的故事告诉我们一个道理，只要坚持自己的爱好，并不断地思考，总有一天你的爱好会加倍回报你。

心理过墙梯

很多时候，兴趣来得自然而然。但是，倘若它变成了“可遇不可求”的奢侈品，亦或是在追逐兴趣的路上，感到迷惘的话，不妨这样去思考。

如何确认自己的兴趣所在

同一个班级中的两位挚友，他们有着各自擅长的领域。A 君擅长逻辑思维，对数理科目得心应手；B 君心思细腻，手不释卷，对于文学手到擒来。

作为文科白痴的 A 君，对 B 君表现出了无比的艳羡。为了学习文学，他诚惶诚恐，生怕自己没有“天分”，甚至以精确到分秒的方式去实践 B 君提供的学习建议。

几乎不用怀疑，A 君最终的效果自然是不尽如人意。

事实上，兴趣这种东西就仿佛交朋友，最佳状态就是两个人共处一室，整个下午不发一言却无尴尬之感。

这就是人和兴趣的最佳关系，苦苦追求的往往并非真爱。能够无声无形，却又形影不离、默默相伴的方为正道。

如何保持对兴趣的热度

坚持，在最初总是一件让人感到辛苦的事情。对于兴趣的热爱，本身可以帮助我们免疫这种辛苦。但久而久之，热爱就会渐渐地被消磨掉。那么，曾经的兴趣是要跟我们说再见了吗？

显然不是。

以书法为例，书法练习者公认的三大忌讳是见异思迁、流水作业、一曝十寒。

其中，以最后一句的“一曝十寒”最具代表性。因为最初时，很多练习者都是在强烈的兴趣驱使下进行书法练习的。

初学者在练习书法的时候，废寝忘食者有之，焚膏继晷者有之，然而，往往是“善始者实繁，克终者盖寡”。

适当的兴趣，和小小的冲动，可以成为生活的润滑剂。然而，恣意放纵这种爱好，或者使人沉迷，导致生活荒疏，或者在兴趣培养初期，就燃烧掉了我们大量的精力，等到倦意潮水般席卷而来时，反而会将蓬勃的兴趣吞噬干净。

所以，温和的坚持便是我们与兴趣相处的最好状态。

处理好兴趣和职业的关系

关于兴趣和职业，蔡康永曾给出这样的建议：“别随性地想把兴趣变成职业。只是兴趣的时候，不需要任何人点头。你爱怎么唱歌、煮菜，爱怎么设计你家或者投资股票，都是你自己的事。一旦把兴趣变成职业，就需要每个人的点头。兴趣变成任务，花园变成战场。与其做喜欢的事，不如做擅长的事，花园还是留着种花吧。”

这句话颇有道理，曾经给了很多人启迪与警示。

不过，倒也没必要单纯地将这段话理解为兴趣和职业的互不相容。当兴趣变成职业的时候，并不意味这职业会毁掉兴趣，而是会让兴趣在你的生活中，开始衍生出另外一重全新的意义。

在这个问题上，怎么选，都不算是错。

有太多的人，因为盲目地将兴趣变成职业，而深陷痛苦的泥潭。但是，同样也有很多的人，将兴趣与职业融合后，使责任和爱好变成了对立统一的概念。而融合的结果，则是造就了一批批优秀的专业人才。如此说来，兴趣当然是有功无过的。

想要兴趣单纯地只是兴趣，这样的观念值得尊重。但如果有将兴趣变成职业，乃至最终升华为事业的愿望，那又何尝不是一件美事？

5. 关爱他人，照亮自己

刚刚好，看见你幸福的样子，于是幸福着你的幸福。

——村上春树《国境以南，太阳以西》

广袤世界中，如同蜉蝣一般的我们，苦苦追寻着自身存在的意义。“国境以南，太阳以西。”这个引发过无数遐思的句子，曾经让多少人产生了深深的感慨。村上春树曾经借助主人公之口，对书名《国境以南，太阳以西》做过解释。

主人公总是在追寻“国境以南，太阳以西”的风景，但是，最终却发现，这样的风景，得到之日，就是终止之时。寻觅的过程，和消失的过程对立统一，难以分割。

当主人公意识到这一点的时候，整个人都被一种前所未有的空虚所包裹起来。这样的空虚感，促使我们不断地询问，生命的意义到底在于什么？

人，在人类族群文明发展的近万年之间，产生了不同于其他物种的情感。这种情感让我们感觉到，在威严的造物主面前，我们不再孤独。

看到他人喜悦，痛苦，失落，也会相应地产生对应的情感，也会在一定程度上，产生细微的代入感。这种情感有多种称谓，诸如“共情能力”或者“同理心”。有人说，这是人性之中最柔软的弱点，同样，也有人说，这是上天赐予人类最宝贵的力量。

正如在《国境以南，太阳以西》一书中，主人公和岛本在学生时代本来就曾经体会过的“相互温暖”的感觉。

作为战后出生的团块世代，同为独生子的两个人，都在承受着难以言喻的孤独。而多年之后，两个人重逢时，曾经的青梅竹马，已经变成了可见而不可得的遗憾。

伴随着团块世代精神世界中“空心病”的愈演愈烈，两个人都在努力地用感情和身体填补对方的空虚，于是，演化成了一场畸恋。

直到最终，在迷乱过后，他们才发现，空虚无法用空虚填补。对于昔日情感的“补偿心理”，似乎和所谓的爱恋存在着相当大的偏差。正是这样的心理状态最终造成了岛本的不辞而别。

或许读者们可以在这个时候尝试着去揣摩彼时岛本的情感。在婚外情的过程中，岛本的存在事实上已经超脱了普通的所谓男欢女爱的范畴，而是成了主人公成长的一种见证。岛本，是作为主人公对彼侧世界的幻想而存在的。

意识到了这一点的岛本决定结束这段关系。她用了最直接的手段，离开；而离开，是需要莫大的勇气的。我们或许可以猜到，彼时的岛本未必清楚前途如何。但她离开的步伐，是带着曾经相互温暖过的感激，而一步步迈出的。

曾经的意乱情迷是相互温暖，而决然地离去，同样也是彼此的照亮。无独有偶，无论是东方或西方的文明，都曾经不约而同地提出过类似的观点。

圣经中，曾经屡屡提到“施比受有福”的观点。印度也曾经流传着一句脍炙人口的谚语：“赠人玫瑰之手，经久犹有余香。”而在东方文明中，也曾经屡屡出现诸如“乐善好施”“矜贫救厄”等成语和典故。

可见，通过对他人的关爱，来点亮并升华自身，这本来就是全人类的共识。举一个最为知名，也极为贴切的例子。

盲人到亲戚家中做客，宾主畅谈，直到夜半时分。盲人想起家中有事，必须要回到家里。临行前，盲人恳请主人给他一只灯笼。

主人万分不解，盲人已经完全适应了黑暗的环境，即便是晚上，也可以用手杖来代替眼睛，返回家中。

但主人还是认认真真地准备了一盏灯笼交给盲人。出门的时候，盲人笑着说出了原委。

夜间，灯笼散发出来的光芒，盲人自然是看不见的。但是，这些光芒却可以照亮他人。在给他人提供一丝光亮的同时，也等于在提醒他人，当心不要撞到了盲人。

所谓与人方便，很多时候和与己方便其实是同样的一件事情。

关爱这种东西，就仿佛灯笼的光芒一样，当这种光亮温暖到他人的时候，总是会让我们自身也沐浴在光芒的温暖之中。

心理过墙梯

温暖他人和照亮自己，本身就好像是一张牌的两面，两相对照，彼此依存，对立统一，不可分割。那么，当我们试图用这样的方式来作为我们的人生态度时，要如何把握，并选取适合我们自己的表现方式呢？

不要去计较回报

对于多数人而言，在给予的同时，心底的深处多多少少都在期盼着某种回报。但是，随着这种期盼变得强烈，给予这种行为的满足感，也就会随之降低。

在口头上认可“不求回报”的人非常多，但是能够真正做到的却是寥寥无几。最主要的原因就是有太多的人没有弄清楚所谓“不求回报”到底是一种做事的态度，还是一种需要被宣扬、被崇拜的精神状态。

有时候，施与本身就是我们想要做的事情，既然已在施与中体会到了他人的幸福，那么，就随它去吧。做完了的事情，就像书翻过了一页，不要再去计较。释放掉自己的期盼，淡化掉欲望，收获最真实的喜悦。

把握施与的尺度

基于人与人关系的亲疏、远近的变化，施与的尺度本身也会产生不同的变化。这是我们在关爱他人时，最现实的一点。

能力和资源，总是有限的，这是每个人都要面对的客观现状。这也就注定了施与同样也是一件需要明确限度的事情。

事实上，生活中不乏迷失在这种满足中的人。

一个连家人生活都无法照顾好的妇人，用自己打零工换来的微薄薪水和低保，去救助数百条流浪狗。

我们不否认，这种不求回报的付出是一件不错的事情。但同样也须要认识到，这个妇人事实上只是一个沉迷在短暂性的施与的快感之中的人。

施与带来的应当是自身的升华，在此处，却被变成了精神麻醉剂。自我牺牲，已经变成了妇人的自我满足，仅此而已。

细细思考，就会发现，当妇人用微薄的生活费去救助流浪狗的时候，她那忍受着贫困折磨的儿女，就会因此失去相对舒适的生活，甚至失去受到更好的教育的机会。

过度施与的另一面，就是自私和掠夺。只有弄清楚了这一点，才能确保自己不会迷失其中。

不干扰他人

照亮他人的人，和“圣母”“白莲花”之间最大的区别就在于，前者是自我牺牲，自我约束，而后者则是搬出一堆理由，去要求他人，亦或是自不量力，不知分寸地牺牲掉自己，最终变成了他人的累赘。

享受施与，体会施与，这从来都不是问题。但是，在做这件事情的时候，除了把握分寸，也要时刻铭记，不管是在主动亦或是被动的情况下，都不应去干扰他人。

6. 自律，让成果更加厚重

你要做一个不动声色的大人了。不准情绪化，不准偷偷想念，不准回头看。去过自己另外的生活。你要听话，不是所有的鱼都会生活在同一片海里。

——村上春树《舞！舞！舞！》

对于绝大多数人来说，塑造性格，决定眼界，划定能力最关键的时期，往往是一个人最为血气方刚的那段青春岁月。本节前面的语句出自《舞！舞！舞！》。这是主人公的一段内心独白。他默默地告诫自己，以后要怎么去生活，怎么样去面对这个世界。注意，他是在内心默默地告诫自己，而不是跟别人说他有什么打算。

默默地告诫和跟人分享自己的打算，有什么不同呢？首先，默默地告诫自己，更加真诚与厚重，是一种更为彻底的决心，而跟人分享之后那份决心仿佛没有如此大了。它更多的是分享，而不是“决心”本身。不与人分享的决心更加低调、厚重。这种低调的自我鞭策，就叫自律。

其实，村上春树的很多小说都有这样的特点。主人公往往很自律，也很有规划。这一点可能是与整个日本社会的风格有关。日本这个国家的人民有着自律的优点。即便是地震了，逃离现场也是有条不紊地排队，挨个逃离现场。垃圾分类特别清楚，绝对不会将一袋垃圾随手扔到垃圾堆里。他们会把垃圾分类，然后，再分门别类地投到垃圾桶里。

我们从村上春树的自传体作品《当我谈跑步时，我谈些什么》中也能看出，字里行间都充满了自律的素养。作者一次次地勉励自己坚持跑步。就这样，村上春树坚持跑步、健身，而且，每天跑多长的距离也有具体规划。所以，村上春树才得以把身体锻炼得结结实实。而这种性格也促使他养成了坚持写作的习惯。也就是说，一个人一旦在某方面做到了自律，他在生活和工作中的其他方面也会遵循自律的习惯，不断地要求自己，坚持下去。

对于我们来说，肾上腺素过剩的那段日子往往是生命中最值得怀念的时期。作为每个人必须经历的一个时期，它给我们每个人都打上了深深的烙印。在这段日子里，我们品尝到了亢奋、激昂的美妙。我们迷恋这种充满激情的生活，仿佛每一天都有一座新的高峰等待着我们去征服一般。但是，当我们步入社会时，你会发现社会的许多陷阱会让我们进入了一个令人沮丧的人生阶段，社会的艰难和困苦，一个个难题急迫地等待着我们去解决。这个时候，单靠青春时候的冲动和激情已经无法完全抵挡如洪水猛兽般的打击了。那么，这个时候自律与坚持就成了我们用来应对低谷的主要手段。

说来也很是奇妙，不管多么艰难，只要自律的素养还在，就会在不经意间把所有的困难压倒。这就是自律的魅力所在。

我们可以相信，战国时期的赵括，作为一个熟读兵书，建立了坚实的理论基础的青年，他原本有着大好的前途。

将门出身，精通兵法，他几乎已经具备了一个未来战神的所有条件。但他却仿佛忽然之间透支了运气一样，在最不合适的时间，让一项关乎国家存亡的任务砸到了他的头上。

面对秦军的威压，赵括运用自己的理论知识去应对。年轻人的懵懂、冲撞性格，让他坚信自己终将会获得胜利。结果，我们都知道了。赵括身死沙场，而长平一战，四十万赵军被坑杀，成为战国史上最为惨烈的一笔。这或许是世界上第一次，甚至有可能是最严重的一次由于过分张扬导致的惨剧。

张扬，亢奋，过度的高调，这样的情绪或者状态，都是非常具有欺骗性的。这是我们的精神对自身现状的粉饰。而我们却屡屡忽略掉这些本应引起我们注意的警告。最终，当我们在高速行进中被撞得头破血流的时候，才会下意识地看到自己过热的脑袋，然后，才会开始反思到底应当如何去做。所以，人生并不能靠一鼓作气去战胜困难，需要的是坚持与自律。

没错，低调沉稳，厚积薄发，自律与坚持，默默耕耘，才能够让我们获得真正坚实、厚重的成果。

我们不会忘掉那个美好、令人心动的时期。仿佛每一天都是泡在期盼中，野蛮、疯狂地成长，用最直接的方式变得更加强大。但是，我们也要把自己的生活和工作做好规划，力求做到有条不紊。只有这样，才能让人生的每一次成果来得更加厚重。

心理过墙梯

保持自律，从某种角度上看，就仿佛要求一个刚刚学会开车的人在宽阔的公路上保持低速行驶一般。对于速度的渴望，展示力量的冲动，都会成为人们保持自律的障碍。

很多人都会尝试着去一点一点地放松对自己的行为管束，然而，最初的放松很容易就会变成恣肆张扬的开端。可是，一旦我们能够耐得住寂寞，忍得住冲动，在车子看似缓慢的匀速行驶中，不经意地回过头去就会看见一段被抛在身后的长长的路径。

那么，我们如何学会保持自律，又应当如何在自律中保证我们的前进方向呢？

耐得住寂寞

每个人都希望自己可以成为万众瞩目的焦点，但是，我们很容易发现焦点的存在是少数的，而多数实现了目标的人则是默默无闻的低头耕耘者。

在赶路的过程中，声音是最多余的东西。我们必须明白，如果想要加快速度的话，我们就只能在静默中奋力前行。

独行的寂寞凄苦，自然会令人难以承受。但是，这就好像站在田垄旁的农夫，土地和作物不会说谎。

与其高调地宣扬自己的目标，不如沉默地向着目标进发。千万不要在夸口之后装成努力的样子，因为结果从来都不会陪着你演戏。

低调不代表盲目

自律是一种态度，沉默是一种方式。当我们为了保持低调而维持自己平和的心境时，在漫长而枯燥的隐忍中实在是太容易迷失方向了。

在爬坡的时候，很多汽车司机会选择在上坡前减速换成低档，这样车辆就可以拥有更加强劲的牵引力来保证车辆爬坡。

但是，在低速前进时，很多人会将冗杂繁琐的工作当成烦人的负担。这就意味着他即将让自己在缺乏方向感的前提下行进。

事实上，自律绝对不代表盲目。蒙着眼睛拉磨的只有驴子。无意义地付出苦力和默默地付出辛劳，有着本质上的区别。

随时注入强心针

传奇画师迪士尼曾经蜗居在环境恶劣的阁楼，靠着贱卖自己的画作来获取微薄的收入。

巴尔扎克在巴黎混迹作家圈子时不受重视。他一度只能写一些趣味恶俗、格调低劣的小说来迎合大众，换取必需的生活费。

每个年代都存在着一些可敬的、默默无闻的耕耘者。身处低谷的时候，他们依旧保持着安静的状态，并且表现出了绝佳的韧性。

然而，倘若去翻看这些人的回忆录，亦或是查阅关于他们的记载，便会发现，他们时不时地就会给自己注入一剂精神上的强心针。

作为末流画师的迪士尼，可以在默默的坚守中让自己始终保持着创作热情和艺术敏感。他最终从画室中一只瘦小的老鼠身上获得了创作灵感，创造出了风靡全球的“米奇”形象。

无独有偶，巴尔扎克怀着厌恶感去书写那些可以换来面包的文字，却从未忘记自己的初衷。靠着这样的强心针，他总算是撑到了《朱安党人》的问世。

身处陋室，不卑不亢，默默耕耘，以待时机。这些成功人士让我们意识到，成功绝非是一件偶然的事情。

Chapter 5

不为小资而小资

小资是一种生活态度，它讲究以更为高雅的态度对待生活。但是，有些人把小资活成了贬义词，把小资活生生地变成了懒惰。我们看到有些人的小资生活是这样的：拿一本书，在桌面上沏一杯咖啡，一待就是一整天。他们认为这样的小资很个性，很高尚。殊不知，这样的小资是懒惰和无为的一种表现。你无须照顾亲人吗？你无须上班吗？你无须学习吗？你无须为了目标而奋斗吗？如果脱离了这些，表面上再如何小资也不是小资。

所以，本章将带大家认清一个事实，教大家如何过上真正的小资生活。

1. 平凡的成就，品味小资的趣味

少年时我们追求激情，成熟后却迷恋平庸。在我们寻找、伤害、背离之后，还能一如既往地相信爱情，这是一种勇气。每个人都有属于自己的一片森林，迷失的人迷失了，相逢的人会再相逢。

——村上春树《挪威的森林》

以上这段文字出现在《挪威的森林》里，字里行间无不透露着对“逝去”的无奈和回归平静时的一种态度。这种由“逝去”再到“迷恋平庸”的转变，被人称之为品味平凡的小资趣味。

而为何书中的主人公会产生这样的感慨与认知，还得从作者的创作背景出发。曾经有人说过，看村上春树的书，永远都不要忘记了这部作品的创作背景。这一“定律”在《挪威的森林》之中尤为突出。本书成书于 20 世纪 80 年代末期。彼时的日本，已经在发展的路途上展现出了一丝疲态。

二战后，一切看似都在向着好的方向发展，仅仅经过几十年，日本就已经进入了发达国家行列。但是，就在这个时候，物质的满足，竟然造成了精神世界的空虚和失衡。昂扬蓬勃的外表之下，苦闷在缓慢地滋长。

当英国摇滚乐队披头士的《挪威的森林》在世界上风靡的时候，20 世纪 80 年代末期的村上春树，便索性以《挪威的森林》为名，写出了这本青春恋爱小说。

对于中国很多年轻的读者来说，这本小说在很多时候，被视为进入“文艺精神领域”的门槛。小说中男女主人公的纠葛以及他们的生活态度，为以七零后、八零后为主体的早期读者群体打开了一扇新奇的大门。

这些读者开始发现，这个世界上原来还有这样的一种生活方式。这种方式命中了大多数日本人的内心，引导他们回归平庸，做一个平凡的小资。反正现在物质已经丰富了，也不再去为二战的失落纠结了，纠结也于事无补。所以日本人选择了以平凡的心态对待生活，即为小资生活：细心品味生活的每一个细节，节奏放慢，慢慢去品味，才是最重要的。

这本小说成书之年，彼时的中国和日本两个国家，以及国民的精神状态，就像是两个处在不同年龄段的人一样。

中国尚处在改革开放的初期，国家经济的发展初见成效，国民生活的水准获得了极大程度的提高，也看到了前方更加广阔的可能性。

这一切，都让中国仿佛一个年将弱冠的青年，对未来充满了希冀。伴随着国民的是“再过十年”式的猜想，所有人的日常就是憧憬和期待。激情和冲动，是那个时代中国的主题。

反观日本，在经过了快速增长之后，经济发展已经渐渐地趋于平缓。在获得了物质上的富足之后，整个国家的国民也呈现出了类似中年人一般的状态，开始去尝试更加安然恬淡的生活方式。

所以，当中国读者读到这本书的时候才会发现，原来生活不只是远大目标，不只是艰苦奋斗，不只是努力求存，还有平凡的小资趣味。

于是，许多人便有了一种恍然的感觉。大家都意识到，这个世界上还有这样的一种生活方式——喝着不为解渴的美酒，吃着不为果腹的糕点，自在而优雅。

很显然，两种状态，实际上并不存在高下之分。个体的成长，和国家的成长存在着极大的相似性。正如书中所说：青年时期的激情，和中年时期的平稳，只不过是一个人在不同时期、不同精神领域中所体现出来的不同状态而已。每个人都有属于自己的一片森林，迷失与开悟，都是我们各自的选择。

在小资生活被我国年轻人接受和模仿的时候，有些人对小资有一些错误的认识，开始为懒惰和无为找借口，认为这是甘于平淡的生活态度。其实，不尽然，一个人一旦接触社会，就要有为社会创造价值的自我要求。而小资生活应该是不去盲目地追随奢华的一种表现。如果小资被错误理解，变成懒惰、无为的代名词，想必这并不是村上春树的初衷。

其实，小资生活放在今天，更像是一种工匠精神。它要求人不为满足私欲而盲目地追逐金钱，要抱持一种勤恳而且耐得住寂寞、回归平凡却又不碌碌无为、精致高雅的生活态度。

进入21世纪，我国出现了许多工匠。他们在平凡的岗位上细细品味着工作中的乐趣。所以，我们在互联网上经常看到一些年轻人开始专注于传统行业，比如木工、雕花、瓷器烧制等，也出现了不少真正的小资。

有一部纪录片叫《手造中国》。主创们用了三年的时间，走访了景德镇百余名手工瓷器匠人，拍摄了几百件瓷器，录制了几百个故事，最终剪辑成 20 余个人物故事。此片以成瓷工序为主线，探寻匠人精神之源，向工匠精神致敬。这个行动，已经证明中国的年轻人开始真正认识了小资生活，并且将小资生活继续发扬。

而这些精神一旦形成常态，人们将会抛弃急功近利的毛病，细细雕刻时光，在未来的时间里将会有无数品质优良的物品诞生，为社会贡献出了真真正正的“手工品质”。

心理过墙梯

对绝大多数人来说，从激情澎湃，到恬淡安然的蜕变，几乎都是一个必经的过程。在尚未体会到这样的变化时，不必觉得焦虑。在经历这样的变化时，也无须感到惶恐。

逝者如斯。当你伸出双手，试图干预的时候，至多也只能体会到指缝间的流逝感而已。淡然地接受这种变化，学会在平淡的生活中雕琢属于我们自身的小趣味，也是一种不错的选择

学会安于平淡

曾几何时，我们都曾幻想自己是在大厦将倾时振臂一呼、拯救世界于危难的英雄。青年时期膨胀的自我认知，让我们如饥似渴地攫取精神和物质上的养分，疯狂成长。

而回过头来看，我们多半会在笑意中意识到这真的很像激素作用下的生物本能。

当我们体会到更多的疲倦，开始依恋那些看似寡淡的生活时，请不要为此感到羞愧。因为这就是生活本身的样子。

我们在奋斗中，学会了隐忍，学会了厚积而薄发。所以，当我们面临这种完全不同的心境时，请将我们从奋斗中磨炼出来的心性作为一份礼物送给未来的自己。

暴风中笃定坚持的青松翠柏有着自己的风骨，而那些在自然中随波逐流的事物，同样，也不是错误。

善于发现生活之美

平淡意味着将要与琐碎为伍，但并不意味着，从此就要淹没在琐碎之中。淡定、有条不紊地处理这些琐碎，和被琐碎的河流冲击得东摇西晃，有着本质的不同。

我们须要借助这历练出来的能力游刃有余地去生活，并且不要为了生活而生活。

正如前文所说，不求解渴地饮酒，不求果腹地品味肴馔，从一点一滴中去感受这个世界的馈赠，让你的生命不再枯燥乏味。

惊涛骇浪的魅力已经过去，星星点点的幸福感同样会凝聚出银河般璀璨的美丽。

不要沉溺，不要畏惧

安于平淡，并不意味着你的人生奋斗史就要从此画上句号。

从本质上来说，平淡和平凡只是另一段旅程的起航。当我们可以相对平稳地在生活的河流中顺利航行的时候，我们不能忘掉我们有一个永恒的目标，那就是前行。

我们的前行，不是被动地被波浪推向时间的远端，而是或快或慢地在人生之旅中自在地行走。

当我们擦亮了双眼，开始惊喜于生活中的小美好时，不要忘了在彼方还有我们的信念和目标。

平淡和平庸，毕竟还是有着相当大的区别的。

习惯了平淡，但不能因此就忘掉了搏击风浪的快感，更不可以丢掉搏击的勇气。因为没有人能保证，你的生活永远会这样不紧不慢。

命运的波浪，总有可能在你的身上开出某种玩笑。这种搏击和战斗的勇气，不是用来给人生增色的可有可无的装饰品，而是保证我们在海浪中平稳前行的必备装备。

保持淡定，安坐舟中，笑看风浪。以恬静的心态，对待汹涌波涛，如此为之，我们或许就能真正地收获自己的人生。

2. 蔓延青春的记忆，牢记最初的梦想

不会忘记的永远不会忘记，会忘记的留着也没有用！

——村上春树《挪威的森林》

村上春树的作品中大多包含着正能量。他之所以能被中国读者所接受，也是因为其许多的思想理念激励了年轻人。曾经有人说，《挪威的森林》是村上春树送给年轻人的一份礼物。很少有人可以用这样的方式，如此细致、真实地将青春期特有的迷茫和孤独展现在我们自己面前。这种罕见的对自我的解析，让我们自然而然地喜欢上了这部作品。我们用迷恋的目光仰视着书中的人物，在脑海中对着一段一段的文字顶礼膜拜。所以，自然而然的，就会出现许多这样的时刻，犹如灵光一闪，一段文字仿佛重锤击打在心上一样，激起了一波回环震荡的共鸣。比如这句话："不会忘记的永远不会忘记，会忘记的留着也没有用！"

就因为这句话，我们将自己代入到书中人物的身份，去体会这句话中的那份决然，并且，最终留存为青春记忆里镌刻最深的那一段痕迹。这句话应该这样理解才是正确的，其并非告诫人们要如何遗忘，而是提醒人们要时刻牢记自己的初心。

曾经有人研究过人类的记忆曲线，得出的最终结论叫作"遗忘本身就是记忆的一部分"。也就是说，当记忆这个概念来到人间时，那个蜷缩在记忆背后的就是"遗忘"。很多时候，遗忘并不是一个带

有贬义的词汇。至少，它在多数时刻可以让我们过得更加舒适一些。但是，对于生命之中的某些时刻，某个电光石火的刹那，我们永远不会遗忘，而且，不论当时我们的心境如何。

快乐、悲伤、愤怒、哀愁、欣喜、平淡，不管在哪种状态下，这种在内心深处扎根、滋长、蔓延的东西，往往会伴随我们的一生。青春时期的梦想，就是最为典型的例子。对于村上春树来说，“不会忘记的永远不会忘记，会忘记的留着也没有用！”这句话，更多的是一种对初心的激励，因为初心是无论如何都无法忘记的。很多人都认为，岁月的力量足以磨平一切。不管多么汹涌的情绪，只不过是生物在激素作用下表现出来的亢奋而已。而初心埋藏在你的心底，只是随着时间和世事的洗礼，初心变了形而已。所以，村上春树的小说始终有个特点，初心最不能忘，偶尔会在小说主人公的回忆中体现出来。

而也正是因为初心的时刻提醒，人们才不被浮华世事所带偏。《华严经》中有个理念，被人流传至今：“不忘初心，方得始终。”意思是说，一个学佛者，在修学过程中，只有不忘记自己的最初发心，才能持之以恒，坚持不懈，善始善终。

其实这个道理不只适用于学佛，也适用于其他方面。因为一个人只有“不忘初心”，才能越行越远，最终实现最初发心时的理想。

还有一个关于不忘初心的典故。

少年时的范仲淹，在自己的求学时代就是处于一种极端的物质贫乏状态下。一把糙米煮成一碗粥，却永远舍不得去品尝温热的稻谷。为了节约，为了能够持续地为自己的躯体提供能量，让自己可以更久地奔驰在逐梦的道路上，少年范仲淹在煮熟一碗糙米粥后总是将米粥放在窗台，等到次日米粥凝结成块后用刀子将其分割成若干块。而他就是以“块”为单位近乎吝啬地计算着所摄入的能量。等中了科举后，范仲淹还是坚持这样的饮食习惯。因为他知道，初心不可忘。只有守住初心，才能让人坚持最初的目标，力量才能更专注。

是的，真正的梦想，是不以外界环境的变化为转移的。类似的困苦从来都不曾离开我们，能够铭记自己最初的梦想，并且为之不断奋斗和坚持，就是人生最幸福的事情。

心理过墙梯

曾经有人说过，梦想其实是一种让你觉得“坚持是一种幸福”的事物。能够拥有一个这样的梦想，这本身就是一种幸福。

人们总是奔忙在追逐幸福的道路上。但是，当你仔细环顾四周的时候，或许幸福已经在你的身边了。

认识自己的心

很多时候，意识和内心其实是两种不同甚至相互对立的事物。我们可以发现，人的主观意识往往会欺骗自己，让我们无法认清自己的内心。

梦想的可贵，就在于这一点。梦想，作为一个根植在内心深处，不断地让我们迸发出生命活力的动力源，很多时候我们是须要花费一点儿功夫才能找到它的。

一时之间的热情，亦或是偶然表现出来的兴趣，乃至于责任和身份，导致我们被动背负起的目标，它们到底是不是梦想?

这个问题，并没有一个标准答案。某日看上去漫不经心的悸动，有可能只是一次最普通的情绪波动，同样，也有可能是开启新人生的一个转折点。

静下心来，和自己对话，询问自己内心想要的到底是什么，是什么可以让自己甘之如饴地追逐一生。审视它，靠近它，认识它，梦想就是这么“娇贵”，需要我们细心地发掘才会来到身边。

扔掉所有的借口

许多人都曾说过“梦想已死”之类的论调。但是，所谓梦想已死，本身就是一个无法存在的悖论。

因为梦想是一种只要心还在跳动就永远陪在我们身边的最为忠实的精神果实。

上苍不会白白地将最为宝贵的东西毫无条件地放在我们手心。不管是追逐，培养，亦或是保持，梦想都须要我们投入相当的精力和成本。

所以，我们就开始学会逃避，以生活压力，精神世界的冲击、变化为借口，好让我们可以心安理得地放弃它。

但是，如此一来，生命的意义又变成了什么呢?作为万物之灵的我们，活在这个精彩纷呈的星球上，难道就仅仅是为了将那一串碱基对保留下去而已吗?

事实上，有的时候只有当你扔掉所有的借口，不顾一切地去尝试、去体会的时候，你才会发现，似乎坚持并不是一件痛苦的事情。

只是这种幸福，需要以大破大立的勇气才能去消受。

什么时候开始都不会太晚

每当生日蛋糕上面的蜡烛增加的时候，虽然我们在脸上挂着笑容，但心里的抗拒却是无论如何都无法忽略的。

人类最初发明年纪这个概念，本意只可能是需要这个概念让生活变得精准、方便。而不是让它变成一个枷锁。

年纪，是最常见的，导致我们放弃梦想的借口。之所以将它单独拎出来进行讲述，就是因为这个借口实在是太可怕。

逝者如斯，没有人可以将流逝的时间追回。这样的特性，让这个借口变得格外充分。

但我们却往往忘了一个前提，那就是生命并不是以时间作为唯一的度量单位。长度和质量，永远是不可分割的两个最重要的属性。

而梦想，就具备这种以质量来填补长度的神奇功效。如果你觉得自己年纪大了，那么，就去追逐梦想吧！年轻的你，记住了梦想；而梦想，则会让你永远年轻。

3 游离主流之外，展示人性的极致

我在自己周围筑起高墙，没有哪个人能够入内，也尽量不放自己出去。

——村上春树《海边的卡夫卡》

《海边的卡夫卡》是一个由两条线索交织而成，两条线索看似无关，却有着内在联系的故事。这一点，我们可以从书中的隐喻来逐一体会。“卡夫卡”在捷克语之中，是“乌鸦”的意思，而在传统的日本文化认知中，乌鸦是一种可以根据其叫声，来占卜吉凶的灵鸟。田村和中田两个主人公，在他们各自的故事线索之中苦苦求索。慢慢地，他们在自己的精神世界中凝结出一层厚厚的外壳，将自己包裹其中。

正如上文节选中所说的一样：“我在自己周围筑起高墙，没有哪个人能够入内，也尽量不放自己出去。”

这堵高墙，事实上就是我们每个人在精神世界中下意识地累积起来的精神壁垒。纵观全书，我们可以清晰地看到，整个故事的发展从本质上来说其实就是一个人的精神成长，继而带动了对自我灵魂的发掘。两个主人公，一个少年田村，一个老年中田，作者村上春树经过这样巧妙的安排，让我们得以从两个不同的视角去重新审视我们的精神世界。

无独有偶，尝试去描写这样的精神壁垒的作家还有很多。对于我们这代人而言，最为耳熟能详的莫过于俄罗斯作家契诃夫的那篇小说《装在套子里的人》。

这篇小说曾经进入过中国的语文教材。当年，在连读书心得都有标准答案的教学模式下，我们中的许多人恐怕都会对这篇小说产生狭隘的理解。诚然，契诃夫的行文中充满着辛辣的讽刺。我们可以将其看作是对沙俄恐怖统治的控诉，却往往会忽略掉作者对小说主人公所谓“装在套子里”的绝妙设定。

无形的精神壁垒，和有形的保护套，在细细品味之后，才会发现这是同一种东西。而这种事物的诞生，原本就出自于人类的生物本能。而且，这也是人性的独特之处。每个人都以其独特的方式存在于这个世界上。没有自己的性格特点，就不能称之为人。而如何才能把自身的特点发挥到极致，正是我们须要正视的一个问题。

是的，我们不断地尝试着让自己从滚滚的人流中独立出来，在保护自身的同时，也在更加明确着我们的个体人格，以便更好地发挥个人优势。很显然，这是一个自发的，并且，伴随着痛苦的过程。我们须要孤独地去面对这种个人优势的发挥，因为没有人能跟你拥有同样的性格特点。

但是，这种孤独在很多时候又是我们生存的必需品之一。人性是可以相互感染的。我们在不断地随波逐流中，渐渐形成了自己的独立人格。而且，这种人格又开始成为我们与外界之间的节流阀。

保持自己的个性，享受这样的孤独，是我们每个人在成长中所必须经历的过程。在承受了这般洗礼后，我们才会发现深埋在心底的情感面貌究竟如何。在自然界中，很多事情都存在着共同的特性。有人形容每个人的个体都是“沧海一粟”，这是一个多么贴切的比喻啊！熟读农谚的人们会发现，人类不仅在个体的质量上像是沧海一粟，甚至从行为上来说，也和稻田之中的秧苗有着相当多的共性。插秧的人永远不会将过多的秧苗插在一起，而是会保持着一定的间距，不可过密，不可过疏。而这个间距，放在人类的社会环境中和我们的精神壁垒又有什么区别呢？

自然规则如此，人性如此，我们不必去刻意地建筑与他人、外界之间的精神壁垒，却也没有必要因为这道壁垒而感到恐慌。我们需要的就是在保持距离，而又积极融合大众的同时，不断地发掘自身的优点，使之发挥到极致。

这个社会，如果把它看小了，就相当于一个小的团队。任何一个团队都不可能只要一种人才，而是每个人都有一个特点。（代表着一种人才）正如梁山上不能只有宋江，也不能只有武松、李逵或者王英，《西游记》里不能只有孙悟空，也不能只有猪八戒或者唐僧一样。各个领域、各种能力的人越是形成互补，团队的竞争力也就越强，成功的希望也就越大。因此，团队须要每一个个体都能够有自己的优势，而这种优势最好是团队中其他个体所不具有的，正好可以弥补团队在某个领域的不足。了解了这些以后，你就会相信个人的优势有一定发挥的空间了。

但是，这首先取决于你有没有能力，也就是优势，比如组织能力、协调能力，比如公关能力、谈判能力，比如技术能力、执行能力等。如果你有，并且是别人没有的能力，那么，你在团队中的优势就是显而易见的。所以，在一个团队里，如果别人有的能力，你有，别人没有的能力，你也有，那么，你在团队中的优势一定是最大的。说白了，这个社会只要你做你自己，就足够了。但是，做自己需要很大的勇气。你不必随波逐流，只须要独善其身，把自己最宝贵的一面发挥出来。如果你能做到这些，那么，就足够了。

心理过墙梯

精神世界保护层的形成，是一个自然、客观存在的过程。我们所说的顺其自然，也就是说要跟随自己最初的感受，去做出判断。而不要过多地通过其他因素来加以干预。当我们下意识地尝试去和人群保持距离时，这并不意味着我们存在着某种“社交障碍”。不要恐惧它，不要抗拒它，当然，也不要被它所束缚，甚至禁锢。

保持对社会和世界的关心，保有自己独立的精神领地，才是我们真正须要关注的地方。

保持独立的个性

随着时代的改变，人们的观念也在发生着变化。

如今，年轻的教育者开始着重强调个性和独立的重要性。我们已经可以越来越多地从青春少年的面孔上看到愈发自信的笑容了。难能可贵的是，孩子们在坚持个性独立的同时，也并没有忘记融入团队和群体。

这是一个时代的幸运，也是一个民族的幸运。我们成功地进行了蜕变，也必将迎来更加美好的未来。

学会享受孤独

在当代青年的生活中，越来越频繁地提及一个词汇：“社交恐惧症”。

事实上，在这一代人成长起来之前，中国整个国家都处在变革和冲刺阶段。快速奔跑，就注定我们无法活得足够细致。很多心理上的问题，都被生活的压力所掩盖。

当仓廪充实后，我们才会有闲暇时间来考虑我们如今面对的是怎样的一个情况。

越来越多的人选择独处，除了互联网普及所带来的客观便利之外，我们似乎更应该认为，这其实是人对天性的一种顺应。

孤独是每个人的权利，享受孤独是我们每个人的自由。能够更加坦然地享有自己的权利，这本身就是足以令人感到欣喜的一件事情。

珍视人性之美

人性之中有很多令人击节赞叹的地方，爱恋、信任、友谊。这种种情愫，都是我们在孤独中更加真切地审视自身的过程中所发现的生活之美。

没错，人的自身本身就是一座精神财富的宝藏。保持独立，且享受孤独，同样，也可以视为是对人类精神财富的开发和挖掘。

真正在这样的过程中认清自我，才能让我们更加能够承担起对世界和他人的责任。这就是客观存在，并且，不以任何外界条件为转移的事实。爱与人性，本来就存在于内心之中。

4. 找找你的镜像世界，试着解读自己

没有人能在那个秋雨飘零的黄昏紧紧拥抱自己。

——村上春树《世界尽头与冷酷仙境》

与其说村上春树的作品给人以孤独的感觉，还不如说他的作品给人自我反省的机会。因为他的作品通常会有几个线索相互对照，把读者带到几个不同的世界去审视自己。比如，《世界尽头与冷酷仙境》这部作品是村上春树最重要的小说之一，与《挪威的森林》《舞！舞！舞！》合称为村上春树三大精品。小说继续贯彻了村上春树一贯的手法，在世界设定上显得格外魔幻。正是这种类似寓言故事的风格，愈发地让这部作品起到了发人深省的效果。这就是村上春树作品的独特之处。

所谓“世界尽头”和“冷酷仙境”，实际上是某科研组织进行的一项研究成果。主人公作为该科研组织的一名计算师，在试验的过程中发现自己的意识被控制在了一个类似虚拟世界的地方。这个地方，就被称为世界尽头。而在世界尽头的末端，一个让实验者失去自我、失去意识的空间则被称为冷酷仙境。

我们不难发现，这是村上春树惯用的一种隐喻手法。主人公在看似宽松的环境下无意识地失去了自己的自由，乃至于连同自己的精神世界也在一步一步地受到蚕食，最终落入如同无间地狱一般的“冷酷仙境”中。

而书中有意思的一点，是主人公曾经和“影子”携手，试图逃出小镇，但是，最终选择留了下来。看到这一点，不难让我们回想起了英国小说家笛福的《鲁滨逊漂流记》。这本小说的主人公鲁滨逊，在一个孤独的荒岛上独自度过了数十年，然后重返人类社会，最终甚至事业有成。然而，在现实生活中，这本小说的主人公原型重返人类社会后却表现出了极大的不适应。他仿佛已经失去了最基本的社交能力一般，最终孤独地死去。其实，我们不难想象，当这位原型人物最初被困在荒岛上的时候，曾经多么渴望回归人类社会，多么渴望可以重新回到社会化的生活环境中去。但是，长期的隔绝不仅是环境上的牢笼，同样，也对他的精神世界产生了极大的影响。这就好像《世界尽头与冷酷仙境》中的那位主人公，一个失去了心的人凭着本能想要出逃，却最终发现，当他失去了那些最宝贵的东西时，即便逃出了这个虚拟空间，外面同样也将是他的牢笼。这种无力、无奈、无助的感觉，对于我们大多数人来说，其实并不遥远。当我们埋头于生活时，总会忘掉许多最初我们想要的东西。你可以时不时地对照你的梦想，不断地审视自己，看一看现实中的自己和理想中的你，是不是已经重叠在了一起。如果没有，你就要不断地努力，让现实的你和理想的你拥抱在一起。

莫迪里阿尼是意大利近代史上的一位著名画家。与其他画家不同的是他画的许多肖像都只画了一只眼睛。当别人问他是何用意时，莫迪里阿尼的回答耐人深思。他说：“这是因为我用一只眼睛观察周围的世界，用另一只眼睛审视自己。”画家用这样的方式来提醒大家保持对自己内心世界的关注，可谓用心良苦。

“用另一只眼睛审视自己”，其实是让人们养成“吾日三省吾身”

的好习惯，勇于自我解剖，正确地认识自己，及时发现并改正缺点，不断地修正人生航向。“人非圣贤，孰能无过。”有过不知，或有错不改，人生航向就有可能出现偏差。现实中，就有些人缺乏直面自身不足的勇气，讳疾忌医，对自己的一些“小毛病”视而不见，听而不闻，结果养痈为患，害人害己。时刻审视自己，就是为了揭自己的短，自觉地清除思想上的灰尘和心灵上的污垢，塑造高尚的人格。

事实上，我们精神世界中的人格并不像我们想象的那么简单。不同的经历，不同的心境，不同的境遇，所产生的每一个看法，每一个念头，都相当于我们精神世界的微小分身。

在詹姆斯·曼高德的经典惊悚片《致命 ID》中，曾经做过警察的司机，患有轻度自闭症的小男孩，纵横欢场的风尘女郎，贪婪猥琐的汽车旅馆老板，还有丧偶不久的鳏夫，这些形形色色的角色在汽车旅馆中发生了无比惊悚的争斗。不大的旅馆中充满着明枪暗箭。一时间暗流涌动，血肉横飞。

然而，最终的结果却是，这其实是警方的心理医生针对某个多人格囚犯进行的一次心理治疗。心理医生试图通过这次治疗让罪犯内心深处的暴力人格死去，从而选择性地留下一个无害的人格。跟《世界尽头与冷酷仙境》这部作品两相对照的话，我们不难发现，这其中存在着很多看似无关，却有着共同之处的地方。我们生存在这个世界上，不断地靠着我们的经验去填充我们对世界的认知。然而，我们最须要了解的其实还是我们自己。

遗憾的是，我们最不了解的往往也是我们自己。正是因为缺乏对自身的了解，才会让我们屡屡做出错误的判断。正如《世界尽头与冷酷仙境》中的那句话："没有人能在那个秋雨飘零的黄昏紧紧拥抱自己。"

面对很多事情的时候，我们是孤独的，是无助的。然而，在很多时候，这种刻骨的孤独感，其实是我们对于自身缺乏了解所带来的失落。或许，在我们的内心深处一个沟壑纵横的地方存在着我们最本源的意识，其正期待着我们去了解自身。

遐想中的镜像世界未必存在，但是，解读自身，绝对是我们在面对问题时做出选择的必要前提。

心理过墙梯

我们经常性地迷失在各种环境、事件和情绪之中。当我们心急火燎地想要在困局中找到出口时，却经常会感到无能为力。就好像当一个人置身于迷宫中，他最须要想到的不是应该向左，还是向右，而是首先判断出自己的位置。我们需要的就是找到位置，找到自我。

热爱自己

在东亚民族的传统中，个人似乎总是被放在集体之后。很多时候，我们下意识中就将自己的存在解读为某个集体的成员。忘我，是一种高尚、光荣的品格；而自我，似乎变成了一种不甚光彩的事物。

我们迷失在荣誉感之中，却忽视了生命之中最宝贵的：我们的自身。学会热爱自己，不要辜负了这份最美好的馈赠。

强大自己

这里所说的“强大”，指的并不是体魄的强健，甚至不是指能力的高低，而是所谓心灵的强大。能够客观剖析、解读自身的前提条件，就是有足够的精神强度。

而这个所谓的精神强度，是由头脑、阅历、心性等元素构成的。强大自己，方能了解自己。

成为自己喜欢的人

有人曾经说过，我们对于他人的愤怒，是因为我们在他人身上看见了自己的弱点。精神强大的人，可以做到“不忤于物”。但是，除了精神强大之外，成为自己喜欢的人，让自己拥有一切应有的美好品质，也是我们须要做到的。

5. 别把消极当小资，阳光是永恒的主题

超过了一定年龄，所谓人生，无非是一个不断丧失的过程。对您的人生很宝贵的东西，会一个接一个，像梳子豁了齿一样，从您手中滑落下去。取而代之落入您手中的，全是些不值一提的伪劣品。体能，希望，美梦和理想，信念和意义，或是您所爱的人，这些一样接着一样，一个人接着一个人，从您身旁悄然消逝。而且一旦消失，您就再也别想重新找回，连找个代替的东西都不容易。这可真够呛。有时简直像是拿刀子在身上割，苦不堪言。

——村上春树《1Q84》

世界上存在这么一种人，总是能找到原谅自己的理由，然后隐晦地安慰自己——我这是小资生活，活得优雅。其实，并不尽然。我们不妨通过村上春树的作品，让你彻底理解为什么要放弃自我安慰的所谓“小资”。

村上春树在小说《1Q84》中，所营造出来的Q世界，充满着暴力和不幸。对于天吾和青豆这两个主人公而言，在Q世界之中的每一秒，仿佛都在经历炼狱的折磨一般。这部小说，罕见地采用了“第三人称”和“上帝视角”来进行叙事，却延续了村上春树喜欢营造“异世界”的习惯。同样，与之前的若干作品类似，这

一次村上春树笔下的Q世界，同样也暗含着对现实社会的影射和隐喻。

我想，暴力和阴暗，普遍地存在于每个人的内心中。《1Q84》中的主人公天吾，人高马大，谨小慎微。一方面，天吾是为人师表的教师，同时，也是具备着一定社会责任感和正义感的记者。这些都彰显了天吾正直、善良、勤勉的一面。但是，在某些时候，天吾却也会表现出无能、自私、贪婪的性格特征。

无独有偶。在关于青豆的篇章中，主人公青豆的人物设定，在开篇就非常鲜明地标明了其具备善恶双重属性的特征。一方面，青豆会帮助他人获得强健的体魄，另一方面，青豆同样也会蔑视规则，践踏生命。

不只是这两个主人公，在书中的“深田保”等人物，也同样表现出了身为“善恶”综合体的特征。而在我们的现实世界中，这样的事情可能会更加普遍。人性本身就是复杂的，这是一条已经被公认的真理。

所以，我们的世界并非都那么美好。当我们用滤镜过滤掉善良后，你就会发现丑陋的一面。而那些现实社会中的丑陋，往往具备非常强大的诱惑力。于是，有些人在艰难跋涉的过程中禁不住诱惑，索性放弃了前行，与丑陋为伍。

还有一部分人跪坐在地面上，低着头，仿佛天边的黑云已经压到了他们的头皮上。在他们的潜意识中，这个世界已经无法改变或者不需要改变。他们选择了止步不前，只想着享受当下。这种人故作“体面和优雅”，把“不努力”当成了小资，并按照这样的方式生活着。

正如在大仲马的《基督山伯爵》一书中，经历了无数艰难坎坷的爱德蒙，原本可以心安理得地蜕变成一个无所不为的恶人。爱德蒙从一个少年得志的见习船长，到被他人陷害，变成了黑牢中的囚犯，最终却靠着基督山宝藏发迹，重返故土，衣锦还乡。

这样一个怀着刻骨仇恨，且富可敌国、朋友遍天下的豪绅，很多人都认为他会活在阴影中。然而，他回归的第一件事情，却并不是复仇，而是拯救了昔日对自己有知遇之恩的船务公司。

这本书的别名叫作《基督山恩仇记》，但是，复仇却并不是爱德蒙心中真正的主题。直到最终与昔日恋人梅尔塞苔丝之子的决斗，爱德蒙为了心中的一点光亮而抛弃了仇恨。当故人之子，怀着无比的敬意，对着爱德蒙深深鞠躬的时候，无数人都为之动容。

当生活中的黑暗压迫着我们，摧残着我们时，不要因此而变得阴暗。正如《1Q84》之中所描述的，人生本来就是一个艰难的过程，而人不应该被困难轻易打败。

每个人从呱呱落地开始，他的生活就是一个走向终结和死亡的过程。但是，这并不意味着，我们要顺从阴暗，并从中寻求某种心理上的舒适。我们需要的是阳光正面的自己，让自己活得更加坦然。灿烂的阳光，昂扬的心灵，永远是我们人生的主题。

霍金是一个懂得感恩生活和乐观不屈的人。

霍金从小就拥有对自然科学的强烈兴趣。在大学时代，（当时还没患病）他就意识到，肯定会有一套能够解释宇宙的万物理论。他陶醉于对其深深的思索中，并把其当作了自己的信仰，并对其具有极强的使命感。

21 岁时，在得知自己患上了不治之症后，霍金也消沉过一段时间。极度失望时，他做了一个梦，梦见自己努力去帮助一些人。当时，医生预测他最多只能活 2 年。但 2 年过后，情况并不是非常糟糕。后来，他又想到了以前曾和自己一个病房的男孩，那个男孩第二天就死去了。他似乎明白了什么。他觉得自己还不算倒霉，不应该就这样放弃。他 17 岁就考上了剑桥大学，拥有异乎常人的头脑，还拥有心爱的妻子珍。

患病后，霍金为了家庭，为了自己的理想，果断地“站了起来”，继续自己的研究。他在个人传记中谈到，他并不认为疾病对自己有多大的影响。他每天都陶醉在自己的世界中，努力不去思考自己的疾病。同时，他又努力证明自己能够像常人那样生活！在生活中，霍金只要自己能做到的事情绝不麻烦别人。他很憎恨别人把他当作残疾人。他说：“一个人身体残疾了，决不能让精神也残疾。”霍金的意志力是非常坚强的。同时，他又是一个对生活很有主见的人。他对生活永远充满了乐观和幽默的态度。患病后，他曾有 6 次非常近距离地和死神交手，但是，他都顽强地活了下来。

一次，霍金演讲结束后，一位女记者冲到演讲台前问到：“病魔已将您永远固定在轮椅上，您不认为命运让您失去太多了吗？”大师的脸上充满了笑意，用他还能活动的 3 根手指，艰难地叩击键盘后，显示屏上出现了四段文字：“我的手指还能活动，我的大脑还能思维，我有终生追求的理想，我有爱我和我爱的亲人和朋友。”在回答完那个记者的提问后，他又艰难地打出了第五句话，“对了，我还有一颗感恩的心！”现场顿时爆发出了雷鸣般的掌声。

的确，用霍金自己的话来说，活着就有希望，人永远不能绝望！活在消极中，感受那些虚无的“小资情调”，这样就只能获得表面健康，内心却已经残废。

心理过墙梯

曾几何时，“小资情调”是许多人所追求的生活方式。这种建立在物质相对富足条件下的生活方式，让我们趋之若鹜。但是，当我们习惯于观赏身边的“小资情调”的时候，才会发现我们想要的似乎和眼前的无病呻吟、莫名其妙并不相同。

忧郁不是优雅

三流读物中，总喜欢描述主人公的“忧郁气质”。事实上，这个名词本身就充满了滑稽的感觉。

忧郁的确是可以让一个人看上去安静而有深度，但是，这就好比擦在脸上的腮红一样，这种涂抹上去的红润，永远不能代表真正的健康。

小布尔乔亚不是尽头

当代的年轻人已经不太能够想象生存条件匮乏的窘迫了。相对舒适的环境，的确让人很容易忘掉这个世界的残酷。

事实上，在我们所生活的这个地球村，人类尚且无法保证所有人的生存，危机始终伴随着每个人的生活。

我们当然可以在生活中追逐中意的情调，磨炼任何一种我们喜欢的气质，但是，不论如何，心底的阳光，永远是我们生存与生活的希望所在。

6. 抚慰心灵，是积极面对的一种手段

你要做一个不动声色的大人了。不准情绪化，不准偷偷想念，不准回头看。去过自己另外的生活。不是所有的鱼都会生活在同一片海里。

——村上春树《舞！舞！舞！》

曾经有人说过，《舞！舞！舞！》在村上春树的众多作品中，是惊悚色彩最为浓烈的一部。我们姑且不去讨论这部作品所要表达的主旨，只是逐句阅读下来，就可以体会到一种阴雨天，被危险追逐的紧迫和不安。但是还好，主人公通常能积极面对，圆润化解。

通读全书之后，我们不难发现，不管是这部作品的主人公，还是书中的人物五反田，他们在书中看似有些癫狂的举动，反而更容易被理解为，溺水者在水底的挣扎。危机无色无形，却又无处不在，每一次挣扎，每一个选择，都是在为了最终的“安心”做铺垫。

这不由得让我们联想到当下的我们。越来越多的人们需要整理心情，因为这个世界正在变得一天比一天繁杂。我们不愿意无病呻吟地去抱怨自然科学、工业技术，乃至社会制度的发展，让我们落入了一片陌生的钢铁丛林。因为我们很清楚，这本身就是我们所需要的，一个物质极大丰富的世界。

但有一条客观存在且颠扑不破的事实，那就是在这样的世界中，

我们的物欲越是容易得到满足，我们就越是须要关注自己内心的平静。我们或许无法确定，这是否是村上春树在《舞！舞！舞！》一书之中想要表达的主旨，但是，这至少也是他所要表达的含义之一。

相对于这本书表达方式的隐晦和深刻，屠格涅夫的小说《白菜汤》则更加直白，且充满了辛辣的讽刺意味。在小说《白菜汤》中，贵族夫人前往看望丧子的农妇。当她走到农妇低矮肮脏的房屋前，在她推开那扇黝黑的破木门的时候，她回想起了自己当年失去女儿的痛苦。

那个夏天，因为失去了年幼的女儿，贵妇伤心到“无法到郊外的别墅去度假”。贵妇是善良的，她愿意在同理心的作用下，去试图体会他人的痛苦，并且给予安慰。然而，当她推开大门的时候，却看见农妇坐在餐桌前，用难看的吃相，在大喝锅里的白菜汤。

贵妇咋舌，用那副或许略带着鄙夷和震惊的腔调，询问农妇在丧子之后，为什么居然还有这么好的胃口。对于这个问题，农妇的回答非常简单：

“太太，这汤里可是有盐的。”

我们可以想象，在绝大多数的情况下，任何一个妇人，不管是高贵的贵妇，还是低贱的农妇，舐犊情深的本质在她们身上并没有太大的区别。

但是，身份和物质条件不同，也就意味着她们在面临同样的遭遇时，无法做到同样地从容。

家境优渥的贵妇，在经历了痛失幼女的悲痛的时候，可以优雅恣意地展示自己的悲伤；而农妇甚至连表达悲伤的条件都没有，因为那一锅粗劣的白菜汤里面，有对他们来说极为珍贵的调味品——盐。

当我们从如此尖锐、辛辣的文字中，有所体会的时候，回过头来再看这句话，或许我们理解起来就会变得更加简单一点儿。

你要做一个不动声色的大人了。不准情绪化，不准偷偷想念，不准回头看。去过自己另外的生活。不是所有的鱼都会生活在同一片海里。

“大人”应当“不动声色”，似乎已经成为约定俗成的规矩。成年人的世界没有简单两个字，所以，我们不要把时间浪费在悲伤和思念上。这是一种何其无奈又霸道的表达啊。而这句话的末尾提到：“不是所有的鱼都会生活在同一片海里。”在这个地方，又有了另一种理解。

我们可以将这句话看作是对离别的宽慰，却也可以去揣摩，“农妇”与“贵妇”似乎就是生活在两片不同的海里的鱼。有的人有条件，有资本，有权利去悲伤、困惑、无助、迷茫；而有的人，却连经历这样痛苦的资格都没有。

而对于当代的人们来说，物质匮乏的年代对我们而言尚未走远，这种危机感、焦虑感，从老一代身上，潜移默化地转移到了中青年身上。乃至于在很多时候，我们甚至会认为，过分强调心理的舒适，其实是一种软弱的表现。当我们遭遇挫折与问题的时候，所有人都会认为，我们须要用最快的时间，以最具针对性的方式做出应对。唯独没有人告诉我们，要如何去收拾心情，抚慰我们受伤的心灵。

而往往这才是最有力的一种“面对困难”的手段。

心理学家研究过，我们对未来所担忧的事情当中，70%都不会发生。但是，我们自己想得太多了，把一些很小的事情想象得不可收拾。

再搞不好的话，可能发展成焦虑症。焦虑症再发展，最后就是抑郁症。如果觉得自己的担忧有一点儿过度，有一点儿不正常，就必须要从源头上调整、解决。

无论生活还是工作，首先必须要有一个健康的心理，这是最重要的。就像我们用电脑做事，首先，必须要有一个很好的软件才能够处理这些问题。如果软件落后或者是有病毒，工作效率就不会太高，甚至没办法工作。

同样，我们人的软件就是我们的心理，它必须要健康。如果心理不健康的话，就没办法工作，也就没办法好好生活。因此，心理健康是每个人都必须要有的。

所以，这种人首先要做的事情，就是调整自己的心态。古人没有心理医生这个概念，但是，人们往往能够从传说故事中汲取力量，来平定自己的内心。

古时有一位国王，梦见山倒了，水枯了，花也谢了，便叫王后给他解梦。王后说：“大势不好。山倒了指江山要倒。君是舟，民是水，水枯了，舟也不能行了。水枯了指民众离心。花谢了指好景不长了。”国王惊出一身冷汗，从此患病，且愈来愈重。一位大臣要参见国王，国王在病榻上说出了他的心事。哪知大臣一听，大笑说：“太好了，山倒了指从此天下太平；水枯指真龙现身，国王，您是真龙天子；花谢了，花谢见果子呀！”从此，国王全身轻松，很快痊愈。

这个小故事告诉我们一个道理，人的心态很重要。只要你及时安慰你的心灵，你就能拥有充沛的精力去面对一切困难。那么，从现在开始，请你关注自己的内心。抚慰心灵的本身，就是解决问题、应对问题最积极的手段之一。

心理过墙梯

抚慰心灵自然是需要条件的，正如那位丧子的农妇，那颗伤痕累累的心需要抚慰。不管物质条件如何窘迫，也请你学着去释放自己的情绪，抚慰自己的伤痕。

静下来总有收获

并不是所有抚慰心灵的手段，都能够完全奏效。但是，在繁杂的生活中，我们的确须要放空身心，来让自己想清楚一些事情。

如果想不清楚的话，很多时候，在这自我思考的过程中，也可以在下意识里让我们获得来自自身的力量，让我们变得更加坚定。

所以，不管如何，当你处在悲伤、失落的状况时，请不要苛责自己，慢下来，静下来，舒缓自己的呼吸。你要告诉自己，这并不可耻。

笃信阳光和希望

每个人都应该在心里留下一点儿火种。无论何时，生命存在的价值，就是在不断地向前又向前的过程中让思想和身体与这个世界摩擦出的火花。

每个人都应当成为希望的信徒，有所期待，有所要求。当慢下来，静下来后，总该记得，人生的脚步是不可以停下的。在抚慰心灵的同时，也请惦记着属于你的远方。

Chapter 6

生命因冒险而更精彩

人类社会的发展过程，其实是充满冒险的。人类的每一次冒险换来的都是无尽的财富。同样，人的一生，其实也是一个冒险的过程。它无时无刻都须要去面对各种险情，而挑战的险情多了，技术娴熟了，自然而然地就变得强大了。

本章将带你领略生命中那些不可或缺的冒险精神，同时，也告诉你，应该如何应对这些险情，让自己变得更强大。

1. 走进生命中的挪威森林，勇闯世界

无论什么真理、诚实、坚强、温柔都好，无法治愈那种悲哀。我们唯一能做到的，就是从这片悲哀中挣脱出来，并从中领悟某种哲理。而领悟后的任何哲理，在继之而来的意外悲哀面前，又是那样软弱无力。我形影相吊地倾听这暗夜的涛声和风响，日复一日地如此冥思苦索。

——村上春树《挪威的森林》

作为村上春树最广为人知的一部作品，在格局设定上，《挪威的森林》虽然算不上宏大，但是，我们可以看出，在这部作品中，作者洋溢在纸面之上的表达冲动。在直子自杀后，主人公曾经一度失魂落魄。身处这种境遇，主人公发出了如上的感慨。

事实上，在这段文字之前，村上春树还曾经借主人公之口，说出了另外一段话："我们活着，同时在孕育死亡。不过，那只不过是我们必须学习的真理的一部分。直子的死告诉我这件事。不管拥有怎样的真理，失去所爱人的悲哀是无法治愈的。"

没错，这就是这个世界教会我们的一条残酷而又真实的道理。真正的悲伤，或许可以被深埋，被刻意地回避，却永远无法被抹平。

这个世界就是这样，从我们呱呱坠地的那一刻开始，就已经在进行一场死亡倒计时的游戏。我们经历过的所有美好，都会被时间带走。而我们迎来的所谓未来，则永远都是处在未知的状态下。

慌乱和焦虑，是我们每个人的共性。因为这本身就是一个刮风下雨的世界。行走在这个星球的地表之上，在你的面前，是一片广袤的森林。这是一片长满了耸入云霄的针叶乔木，覆盖着皑皑白雪，时不时地从深处传来阵阵狼嗥的森林。

狂风在耳旁凛冽呼啸，吹走了你的行囊，吹走了一切你原以为可以用来傍身、保护自己的东西。

那么，此时，你会如何选择?

生命和希望永远都是并存的。当那片困苦的森林包围你时，你须要做的是勇闯这片森林。

日本的最后一个幕府，也就是最常被提起的德川幕府开山创始者德川家康，曾经做过这样一件事情。

彼时的德川家康，尚不是能够睥睨扶桑的群雄之首。严格说来，那时候的德川家康，只能算是战国列强中的一员而已。

在与信长关系恶化，即将兵戎相见的紧要关头，德川家康曾经问妻子这样一个问题："倘若我战死，你将如何自处？"

妻子如实回答："倘若您战死，我将会自杀随您而去。"

然而，此时的德川家康，却只是淡然一笑，否定了妻子的选择："倘若我战死了，哪怕是乞讨、流浪，甚至卖春，也要想办法把孩子养大。人总是要活着，否则，德川家的最后一点儿希望，不也要覆灭掉？"

即便是生命没了，也要保留希望。德川家康做出了一个正确的选择。最终历经小田原之战、关原合战等大小战役，德川家康成为一统扶桑的雄杰。

事实上，德川家康后来是否能够成事，我们完全无须关心。我们只要记住，如果他和妻子都已经放弃了生命和希望，那么，后来的所谓成就、天下，也就无从谈起了。

所以，现在请让我们回到这个问题上来。生命对于我们来说，本身就是一片“挪威的森林”。当我们面对这片森林时，当这片森林看上去相当危险时，我们是否还要选择毅然决然地走入其中？

请不要浪费时间去思考，请务必不假思索地迈步走入。与其他情况不一样，时间从来不会给我们机会，让我们去缓慢地做好生活的准备。我们必须学会在森林草原中驰骋，在大江大海中游弋。

或许这片“挪威的森林”，存在着太多的风险，太多的痛苦，太多的无奈。我们甚至随口就能说出一连串足以让我们拒绝它的理由。但是，请不要忘记，站在森林入口的你，本来就已经没有什么好输的了。人人都是以赤子之身站在森林面前，不管你锦绣华服，还是粗衣敝屣，在这片森林面前，那都是最无用的东西。千万不要浪费时间，为了这些东西去思考。

因为这阵名叫时间的寒风，或早或晚，一定会将这些“身外之物”从你身边带走。如果可以这样去想的话，请勇敢地走入森林。你会发现，生命的本质就是没有什么好输的，时间每推动你向前一步，就会增加一丝你获得成功的机会。

当你接近终点的时候，已经有过太多的东西，在你的眼前来来去去。这时候，你才会发现，你得到的最大的财富，就是这一次森林之行。

心理过墙梯

其实，村上春树早在拟写书名的时候，就已经将答案放在了最明显的地方。

挪威的森林，这片地处北欧国度的森林是怎样的？寒冷，危险，森然，广袤，一如我们每个人降生之后所面对的整个人生。

只有做好走进森林的准备，并且具备了走进森林的觉悟，才能真正坦然地走进属于自己的人生。

勇敢和努力并存

赌徒输到最后，总会孤注一掷；但是，千万不要将这种行为和所谓的勇敢联系到一起，毕竟鲁莽和勇敢是完全不同的两个概念。

我们并不提倡贸然地以身犯险。在人生这个冒险者的乐园中，冒险总是一个或多或少必然要做出的选择。既然是必然做出的选择，那么，这就意味着，我们只要活着，就一定会冒险。所以，请不要再浪费时间去考虑是或否，而是直接去准备，以增加自己胜出的概率。

磨炼自身，提高自身，做好一切准备。这就是一个冒险者和赌徒最本质的区别，将未来交给自己的汗水，而不是完全托付给虚无的概率。

乐观面对

勇闯一个陌生的领域，需要乐观的精神，不要被那些可能的困难吓倒。只有客观面对，你才能肆无忌惮地去做想做的事。而这种肆无忌惮的行为，往往就是你“勇敢”的最有力的支撑。

2. 该触碰就不畏缩，做出与年纪相符的情感探索

> 我们都已经三十四岁了，这和十三岁是同样棘手的年龄，当然其含义不同。两个人都已经多少开始认识到，年龄增大这一现象的真正含义。而且已经进入必须对此有所准备的时期，须要为即将来临的动机备妥足以取暖的用品。五反田用简单的语言对此进行了表述。
>
> ——村上春树《舞！舞！舞！》

曾几何时，我们从不知道焦虑为何物，那是无知的一种表现。而随着年纪的增长，接触事物的增多，我们开始认识了一些事情，伴随而来的是各种畏缩。村上春树的作品往往给人一种类似绝望的感觉。但是，回过头你会发现，那也许不是绝望，而是不断地触碰那些我们不敢触碰的东西，迫使我们去探索。

特别是情感方面，村上春树在任何作品中都有涉及，而且，一般都是令书中人物以很实际的口吻转达了作者的意思，那就是什么样的年龄就该做什么事。《且听风吟》里的少年，如此青涩的初恋和那些放浪的一夜情，《挪威的森林》的主人公跟直子如此纠葛又满不在乎的那一段情感……都强调了年纪、时间、不同的时间段，他们的行为都会不一样。

在《舞！舞！舞！》里，五反田这么告诉书中的主人公：我们都已经三十四岁了，这和十三岁是同样棘手的年龄，当然其含义不

同。两个人都已经多少开始认识到，年龄增大这一现象的真正含义。而且，已经进入了必须对此有所准备的时期，须要为即将来临的动机备妥足以取暖的用品。

这是一段多么理智而具有年龄特征的话。他在告诉我们，不同的年龄段，须要做不同的事，不要为此而畏首畏尾。

是的，曾经的我们在面临感情纠葛的时候，我们不会表现出焦虑；当这样那样的问题，仿佛像一座座大山一样，横亘在我们面前，好像永远都越不过去时，我们从未担心过。因为在我们的身上，有两个闪烁着阳光般金黄色泽的字眼。在这两个字眼的加持之下，我们仿佛无坚不摧，无所不能。这两个字是：年轻。

年轻的我们，不管犯了什么错误，做出了多么愚蠢的决定，都会被原谅。当然，重点不只在于原谅，而在于当我们因为自己的冲动或者愚蠢而蒙受了损失的时候才会发现，年轻时候的损失，对我们人生的影响是最微不足道的。只要年轻，你随时可以将任何事物，推倒之后从头再来，感情也是一样。这就是我们混迹人间最大的资本。

然而，时间确实是公平和冷酷的。我们当然无法长期地占据这样的优势。随着年龄的增长，这个所谓的优势，变得越来越不明显。对于习惯了用年轻做借口的我们来说，焦虑变得越来越明显。

我们尝试着去寻找新的借口，来粉饰自己的懒惰和失败。但我们很快就发现，这个世界上，已经没有剩下多少可用的理由了。这个时候，或者“接受现实”，去习惯适应自己庸碌的人生和未来，或者痛定思痛，在经过了壮士断腕般的惨烈转身之后，迎来人生的涅槃。

只是这“痛定思痛”感觉没有我们想象中那么简单。年龄是让我们痛醒过来的一针强心剂，却也是我们挣脱现实窠臼，所必须打破的枷锁。当尘封在心底的悸动，正在缓缓地萌芽，我们却发现，原来我们已经错过了最好的时光。踟蹰，犹豫，进退两难之下，我们仿佛坐在时光河流旁边手足无措的孩子，只能任凭光阴随着流水渐渐远去。

不论人生，还是我们的情感世界，无一不在经受诸如此类的考验。正好的时间，碰到正好的人，做着属于这个年纪的事情，享受着这个年纪应有的浪漫。只可惜，命运未必会为每个人安排好这一切。想等到时间刚刚好，天气刚刚好，心情刚刚好，而在执着等待的人们，最终迎来的却往往只是蹉跎和失落。

所以，不要等待，更不要犹豫。感情可以充满激情和浪漫，同样，也可以从容而优雅。很多时候，我们甚至应该将年纪看作一个伪命题。人生拥有多个维度，但是，我们却只用时间作为唯一的度量标准，难道这样是正确的吗？忘掉该忘掉的，该触碰的时候请不要畏缩，做出与年纪相符的情感接触，难道不对吗？

法国导演吕克贝松的经典作品《这个杀手不太冷》，讲述的就是这样的例子。当里昂面对玛蒂尔达的热情时，一个可以沉着剥夺他人生命的杀手感受到的却是一阵慌乱和心悸。

他很清楚自己对于玛蒂尔达来说，是一个比她爸爸年纪还要大的“老大叔”。所以，里昂时时刻刻地都在提醒自己要保持克制。

但是，这并不意味着里昂放弃了对玛蒂尔达的感情。在玛蒂尔达成为孤儿后，里昂照顾她甚至令人大跌眼镜地去教授她“杀手”的技能，来让玛蒂尔达拥有自己的“谋生手段”。

到了影片结尾时，面对黑警的围攻，里昂犹如闲庭信步一般选择了以牺牲自己的方式来致敬崇高的爱情。

当里昂躺在血泊中，一脸从容地打开手榴弹的时候，只说了一句："玛蒂尔达向你问好。"

这一幕，是里昂最高调的爱情宣言。手榴弹爆炸产生的巨响、光焰，正是他为自己的爱情画上的一个完美句号。

一个老大叔，和一位小"萝莉"，他们的相处方式，曾经让很多人甚至认为，这会是一部令人产生尴尬感受的电影。但是，我们看到的却是只有萦绕在心头挥之不去的凄美。里昂用时刻保持距离的方式，守住了自己的道德底线。同时，他也用自己的献身，用一枚手榴弹，来高调地作为自己的爱情宣言。

看到了吧，年纪，从来不是问题。

心理过墙梯

感情的建立，是两个灵魂产生共振的过程。不可否认，年纪在两人相知的过程中，的确会产生相应的影响；但是，这并不是决定性因素。

忘掉年纪带来的焦虑

当你开始为年纪焦虑的时候，请闭上眼睛，试图去想象一下。长大与变老，是一个客观存在的自然过程。它带来的影响，跟其他影响因素并没有本质上的不同。

凡是影响，皆可消除或者被接受。年纪也是一样。时间无法倒流，所以，千万不要将一个不可更改的因素，作为横亘在心底的障碍。这是自己给自己挖的一个可怕的陷阱。

年龄不可以改变，但是，年龄带来的所有影响，都可以经过努力被消弭。

守住道德底线

正如里昂和玛蒂尔达的忘年恋，里昂放在心底的柏拉图式的爱恋，和所谓的“忘我”、不顾一切地占有对方，相差千里。

这就是导演吕克贝松的高明之处。倘若里昂心中没有这条底线，那么，我们将会看到一段充满恶臭气息、令人反胃的感情。

但是，经过里昂的克制和“牺牲自我”的情感释放，让我们看到了这么一段凄美、令人震惊的忘年恋。

正如日本传说中雪女的故事。雪女和旅人约定，只要旅人不说出雪女的身份，雪女就会做一个温柔可人、贤惠善良的妻子。

然而，这条看似无关紧要的底线，一旦被突破，贤妻良母瞬间就会变成索命厉鬼，将美好的生活破坏殆尽。

底线之所以是底线，是因为它低到我们很难去注意它。但是，一旦我们越过了它，它就会让我们看到可怕的后果。谨记底线，是我们必须做到的。

3. 冒险不必过度，适当最佳

水银灯隐约的白光中可以看见河流。水很浅，刚可没踝，同以往一样清澈。山上直接下来的，无从污染。河床铺满山上冲下的石子和沙拉拉的沙砾，处处有阻止流沙的飞瀑。瀑下有深水坑，小鱼在里面游动。

——村上春树《寻羊冒险记》

《寻羊冒险记》与村上春树的前两部长篇《且听风吟》《1973 年的弹子球》一同被称为“我”与“鼠”的青春三部曲。说起这部作品，还有一个非常有意思的小故事。在日本，几乎所有的大型羊养殖场都集中在北海道。村上春树幼年的时候并没有见过真正的羊是什么样子。所以，当他来到北海道跟当地的饲主攀谈后才知道日本原本很少能够见到羊这种生物。

作为一种经济动物，羊在明治早期被引进日本。最初，日本曾经将羊视为一种稀罕、新奇的经济牲畜来鼓励养殖。但是，由于国民对于羊肉的接受程度似乎远不如猪肉、牛肉、鱼类等其他肉类，饲养羊类似乎变成了一种毫无作用的行为，继而就被慢慢地放弃了。

直到如今，日本羊肉走上餐桌的机会依旧远不如其他肉类。慢慢地，在人们眼中，羊就被当作日本政府不顾一切地推行现代化的象征。而这种看似因为“急于求成”而发生的类似冒险的行为促使村上春树写了这本书。

事实上，从这件事情上我们可以看出日本这个国家在传统上是具备冒险习惯的。由于日本本土国土狭窄，而且，自然灾害极为频繁。在这样的前提之下，也就注定了日本的国民性中存在着嗜赌的基因。

对于这样一个随时会处在自然灾害中的国度来说，以冒险精神来对抗命运，这本来不是问题，但是，一旦沉迷于冒险，恶果如何，其实是很清楚的。

这也许就是村上春树写这部作品的初衷。其想通过这部作品来告诫日本民众：冒险并不多余，但是，适当才是最佳。

而这句话对于生活来说，同样适用。不管什么时候，你死我活的争夺，一次两次尚可，要做到适可而止。如果永无休止地争夺，最终，你会活得很累，而且，会失去更多。

历史上也出现过很多类似的例子，比如拿破仑就是一个很典型的冒险过度的例子。

从 1799 年掌权以来，拿破仑率领法国军队在欧洲四面出击，凯歌高奏。法兰西第一帝国在 10 年时间里，先后吞并意大利，灭亡罗马帝国，占领德意志，威服奥地利。凭借辉煌功业，拿破仑与伟大的亚历山大和凯撒齐名。

然而，帝国的转折点在 1812 年到来，拿破仑统率近 60 万军队杀向莫斯科。在寒冷的俄罗斯，法军无法保障补给，损失惨重，俄军趁势反击。最后，拿破仑皇帝带着不到 3 万人铩羽而归。

为什么拿破仑会失败，很多专家从技术上论述了这一点，认为是拿破仑长线作战，最后导致后勤补助不够而致。

其实并不尽然，拿破仑的失败在于他不懂得适可而止的道理，进行了太多的战争，进行了太多的冒险。

生活中也是如此。适当的冒险可以，但是，要做到适可而止，不要处处为了自己的利益抗争到底。要懂得分享与谦让，最后反而会得到更多。

心理过墙梯

严格来说，在漫长的人生中，冒险其实是我们几乎必然要经历的一件事情。对很多人来说，冒险并不是一个容易做出的决定。

冒险是必经之路

事实上，对于绝大多数生活安定的人来说，他们都不会主动去冒险；但是，人生漫长，不曾冒险的人，从某种角度上来说，其人生不能够算是完整的人生。勇于冒险，这并不是问题。

适度最佳

勇于冒险，但是，绝对不能沉迷于冒险。冒险可以激发一个人的创造力和活力，但是，沉迷于冒险的人，就会从一个勇者变成一个赌徒。

一旦成为赌徒，那么，孤注一掷，就已经不是很遥远的事情了。没有哪个赌徒认为自己会输，但是，输家一直都存在。而且，对于孤注一掷的赌徒来说，输一次，赔掉的就是整个人生。

4. 窥探未来，让现实更有底

不必太纠结于当下，也不必太忧虑未来。人生没有无用的经历，当你经历过一些事情后，眼前的风景已经和从前不一样了。

——村上春树《1Q84》

我们看村上春树的书，永远不能脱离他的创作背景。以《1Q84》来说，这部作品就是以20世纪80年代奥姆真理教事件为线索。在这里，我们姑且从小说的情节和桥段中脱离出来，单一地去审视这个给予村上春树灵感的社会事件。

发生在20世纪80年代的奥姆真理教事件是那一代日本国民难以抹平的伤痛。

我们分析这次事件的时代背景就会发现，这是一件非常值得玩味儿的事情。20世纪80年代初期，经济蓬勃发展的日本，已经进入泡沫经济的巅峰。仅仅当年的东京地价，就已经“足以买下整个美国”。但是，战后日本虽然创造了经济奇迹，却在政治上处处受到美国的钳制。最终，广场协议的签订，让日本陷入了长达数十年的经济低迷。广场协议，让日本全体国民犹如遭受到“当头一棒”，原本似乎无所不能的日本居然如此脆弱，甚至从此一蹶不振，经济几乎陷入了泥潭。这种缺乏安全感、陷入迷惘的精神状态，影响了一整代人。当时，距离千禧年只剩下了十余年时间。这正好为奥姆真理教这样的邪教提供了滋生的环境。他们借助这样的机会，来大肆渲染千禧年末日论。

渐渐地，这些在精神世界陷入迷惘无助的国民，果真犹如“迷途羔羊”一般，被邪教言论带入歧途，最终酿成了当年震惊世界的东京地铁惨案。

从奥姆真理教事件，我们可以清晰地看到，人类在很多时候处于对未来本能的担忧，都会或轻或重地陷入盲目的冲动。可以这么说，奥姆真理教事件，是日本人由于对未来过多地担忧，而失去了理智地探索未来的能力。

事实上，对于未来的担忧自古有之。作为日本西邻的我们，不仅有为古人掉泪的习惯，同样，也曾经诞生了“杞人忧天”的典故。

担忧未来，这当然不是问题。任何一个关心未来的人，同时，也都在担忧着未来。凡尔纳作为现代科幻小说的鼻祖，就不止一次地站在科技的角度去窥探未来的世界。而他的窥探，并不只是使他在文学作品上获得了相应的成就，甚至，在某种程度上对于后世的科技发展也起到了指引作用。例如，潜水艇的发明者之一西蒙就曾经在各个场合多次明确表示，他对潜水艇的设计灵感就是来自于凡尔纳的《海底两万里》。

由此，我们可以知道，担忧未来，关心未来，是每个人的本能。这种对未来的担忧，有可能会让我们陷入癫狂和迷失，但是，同样也可以对人类社会的发展起到推动作用。而能够窥探未来的人，势必也会在现实中走得更加稳健、踏实。

北京时间 2015 年 8 月 23 日下午，美国华盛顿州斯波坎会议中心的大屏幕上，传回了国际空间站宇航员林格伦的影像。这是颁奖礼最激动人心的时刻：在太空中，林格伦宣读了第73届雨果奖最佳长篇小说获奖作品——刘慈欣的《三体》。

《三体》的翻译者刘宇昆，代表刘慈欣宣读了获奖感言："雨果奖是科幻界的一座灯塔，我从没想到自己会得到这个奖。"

与此同时，山西阳泉郊外，大雨瓢泼，《三体》作者刘慈欣在颠簸的车里接到重庆出版社工作人员的电话："《三体》拿到雨果奖了！"

随后，有记者在第一时间联系上了刘慈欣。电话中的他显得比众多书迷要淡定得多。刘慈欣说："不能说意料之中，也不是完全意料之外。当时，获得了六个提名中的一个，就是有六分之一的可能性。现在看获得了，还是很高兴的……"

也许，刘慈欣的回答更为科学而理智。他并没有因为事情的变化而让自己失去"探究"的精神。这样的态度往往能让一个人更加有底气，有能量。所以说，生活中，我们在面对突如其来的事情时，不要过多悲和喜，要冷静地探究事情的本质，让事情更贴近生活和真相，这样才能在人生的道路中走得游刃有余。

心理过墙梯

怎样才能有效地窥探未来？什么是盲目的担忧，亦或者说干脆就是"杞人忧天"呢？窥探未来与杞人忧天，会带来两种完全不同的后果。

想得太多未必正确

曾经有一位青年致信杨绛女士。在信中，他称杨绛女士是自己的“精神导师”。同时，他也对杨绛女士表达了自己思想方面的迷惘和焦虑。而杨绛女士给青年的回信则一针见血地指出了他所面临的实际问题：

“你现在最大的问题，就在于读书太少，而想得太多。”

没错，思维是自然对人类最珍贵的馈赠。思维就像是空气。没有思维的话，一切都会死气沉沉。但是，如果只剩下思维，那么，世界将会变得无比空荡、荒芜。

扎根现实，知因求果

古人总是喜欢仰望星空，希望可以从星象排布中获得上天的启示，由此来判断未来的吉凶；然而，实际上未来从来都不在天上，而在我们脚下的土壤中。

不论自然科技，还是社会科学发展的未来趋势，我们全可以从现实中找到答案。凡尔纳如果不具备严谨、丰富的自然科学知识和想象力，是绝对无法推演出各种各样的科幻作品中的未来的。而马克思倘若不是博览群书，也绝对无法推算出人类社会的分配方式最终将会走向何方。

别急着占星，低下头来，土壤之中，蕴藏着我们的未来。

5. 冒险需要持久的责任感，而非一时冲动的欲望

家父那人始终在寻找什么，现在仍在找。我还是孩子的时候就听家父说过梦见一只白羊的事。所以，我一直以为人生就是那么一种东西，就是要四处寻找什么，那才是真正的人生。

——《寻羊冒险记》

在《寻羊冒险记》中，村上春树借着笔下的人物之口，说出了上文的这段话："家父那人始终在寻找什么，现在仍在找。我还是孩子的时候就听家父说过梦见一只白羊的事。所以，我一直以为人生就是那么一种东西，就是要四处寻找什么，那才是真正的人生。"

人生本身就是寻寻觅觅，在不断地追寻和修整之中，来回往复，生生不息。最终，我们甚至忘了追寻到底是为了什么，乃至于我们在追寻什么，全都已经不重要了。

村上春树的作品中主人公总是在为生命的真理而奔走着，脑袋里思考的东西无不围绕着所追寻的真理。所以，在《寻羊冒险记》中，村上春树像剥洋葱一样，思绪和故事的结果都一层层地剥开给读者看。而小说主人公所表现出来的执着同样那么令人折服。那种似乎找不到真相誓不罢休的感觉，像极了我们生命的感觉。

这就是自然界早就约定俗成的规矩。我们什么都不须要知道，不须要了解，大脑完全没有鼻子重要。我们嗅着一丝丝可疑的气息，

就足以让我们开足马力，肆意奔跑。

然而，这样的奔跑过程，却注定无法长久。我们尝试着说服自己，让自己相信，人生的意义就在于不断追寻。

然而，这样的理由，会在生活中被一点点地抹平。当它失去了最后一丝说服力的时候，我们惶然地站在人生的交叉路口，看着四面八方的滚滚洪流，感受着作为沧海一粟的渺小，心中怅然若失。不管是“寻羊”，还是“冒险”，我们都还缺乏一个足够的动力，那就是责任。

所以，我们收回目光，将注意力放在了“责任”这两个字上面。责任始终是自律者的挚友良朋。很多时候，两者都相互支持，相互依存。或许，当责任落到我们肩膀上的时候，带给我们最直观的感受，远没有欲望带来的那样强烈。但是，责任感支配下的行动，往往更为持久。

然而，有人做事靠的是欲望。但是，欲望所产生的时效性并不长，有时甚至会让我们产生些许抗拒情绪。两相对照之下，我们很快就会发现，责任感往往比欲望能够发挥更加持久的作用。

就仿佛是一缸优良的油料和一个输出电压恒定的反应堆，前者可以输出令人咋舌、震惊的能量，但是，所能够坚持的时间却未必足够长；而反应堆，看上去不显山不露水，平淡安然，却足以在持久性上表现出让人难以置信的惊人潜力。当然，最重要的是在坚持的同时，反应堆所提供的电压是“恒定”的。

这就是欲望和责任感的不同。责任感能让人持久坚持，而欲望只是一鼓作气下的冲动。带有责任心做事的人，总能把事情做到完美。

1920年的一天，美国一位12岁的小男孩正与他的小伙伴玩足球。小男孩不小心将足球踢到了邻居的窗户上，一块玻璃被击碎了。

一位老人从屋里走出来，勃然大怒，大声责问是谁干的。伙伴们纷纷逃跑了，小男孩却走上前，低着头向老人认错，并请求宽恕。然而，老人却十分固执。小男孩委屈得哭了。最后，老人同意小男孩回家拿钱赔偿。

回到家，闯了祸的小男孩怯生生地将事情的经过告诉了父亲。父亲并没有因为其年龄小而开恩，却是板着脸，一言不发。坐在一旁的母亲为儿子说情。父亲这才冷冰冰地说道："家里虽然有钱，但是，他闯的祸，就应该由他自己对过失行为负责。"父亲掏出钱，严肃地对小男孩说："这15美元我暂时借给你，赔偿人家玻璃。不过，你必须想办法还钱给我。"小男孩连忙接过钱给老人送去。

从此，小男孩一边刻苦读书，一边利用空闲时间打工挣钱。他有时到餐馆帮别人洗盘子，有时去捡废品卖给收购站。经过几个月的努力，他终于挣到了15美元，偿还了债务。父亲欣然地拍着他的肩膀说："一个能为自己的过失负责的人，将来一定会有出息的。"

许多年以后，这位男孩成为美利坚合众国的总统，他就是里根。后来，里根在回忆往事时，深有感触地说："那一次闯祸之后，使我懂得了做人的责任。"

这个故事告诉我们一个道理，一个从小就知道责任重要性的人，会在往后的人生当中更加懂得顾全大局，敢于扛责任。

在20世纪50年代，无数学人抛弃了国外优渥的条件，返回中国。

如果一定要究其原因的话，我们可以轻易地发现，正是这些人心中神圣的责任感，将他们引向了这条最为艰难的路途。

倘若他们以欲望为动力，多半不会选择这条路。如果以“激情”作动力，相信他们的激情很快就会在艰难的现实中消磨殆尽。

唯独责任感成为他们精神世界中的支柱和图腾，变成了永远悬在心中的一面旗帜。当我们为了欲望去做一件事情的时候，是绝对不可能坚持太久的。然而，倘若为了责任感去做，那么，或许我们将会看到一个足以震惊自己的奇迹。

心理过墙梯

如果人生就是一次“寻羊”的过程，那么，责任则可以给我们提供近乎“恒定”的动力。因此，勇担责任，是我们能够做成某件事情的必由之路。当我们尝试着将责任转化成动力的时候，责任也将会毫无保留、最大限度地回馈我们自身。

欲望并非不可用

很多时候，对“动力”的选择，也是我们是否能够做成一件事情的决定性因素。以欲望作为动力，我们未必可以坚持足够的时间。但是，这并不代表欲望不可以作为动力。至少对于短期目标来说，有一个强烈的欲望作动力未尝不是一件好事。

敢于担当方能承受责任

以责任作为自己做事的动力，听上去简单，但是，在践行的过程中却存在着各种各样的问题。最明显的一点就是，倘若一个人本身就不具备责任感，那么，施加在他身上的责任只会变成他的累赘，而完全没有办法转化成为动力。

那么，在这个时候，我们就要去考虑，到底是什么地方出了问题。我们到底应该如何才能将责任转化为动力。

简言之，首先，我们要成为一个重视责任的人。只有足够地重视责任，将责任视为神圣不可亵渎，并且有利于他人，更有利于自己的事情时，才足以在责任的激励下，做到最终的坚持不懈。你要坚信：人生只有一种确凿无疑的幸福——就是为别人而生活。

6. 在探索中求知，人生积累才奏效

我想起自己在过去的人生旅途中失却的许多东西——蹉跎的岁月，死去或离去的人们，无可追回的懊悔。

——村上春树《挪威的森林》

村上春树很少开宗明义地说明某本书的主旨何在。这就导致了一个非常有趣的现象，我们在很多时候，总是容易被各种各样的书名所吸引。而在这之后的阅读过程中，如何去体会书名，或文章题目，这个过程就变成了阅读村上春树作品的一项别样的乐趣。

唯独《挪威的森林》这本拥有着最广泛、最庞大的阅读群体的作品的书名，在一开始的时候就让人能够隐隐地感觉到其中蕴含的深意。

单单看到书名，就仿佛让我们置身于一片广袤、浩瀚的森林边缘；而在我们的身后，是一片白雪皑皑的冰原。就如同我们的生活一样，身后没有退路，而我们自身却在为了前方的未知而犹豫。

曾经有人说过，人类和动物的本质区别在于懂得制造工具。并且，以这条标准，作为智能生物和低等生物之间的鉴别壁垒。

然而，实际上，人之所以为人，最本质的原因在于人类具备低等生物所不具备的足够丰富的感情。不止如此，人类在被感情影响的同时，也懂得去控制和利用感情。

因为感情，有的人变得格外刚强，有的人却变得异常软弱。事实上，生活之中我们所见到的以后者居多。你我以及我们身边的绝大多数人，都极有可能被归纳进这个群体之中。

所以，在过去的人生旅途中，所谓“蹉跎的岁月，死去或者失去的人们”，都让我们有着“无可追回的懊悔”。这样的懊悔让我们一点点变得更加怯懦，畏首畏尾，不敢迎接新的生活。

人生不应该是这样的。

所谓人生，本应该就是在探索之中，让自己见识更多，明白更多。我们的过往，应该是给我们带来精神财富、人生经验的一种途径，而不是一颗缀在身后的铁球将我们一点点地拖向碌碌无为的深渊。

现代社会相对充裕的物质文明，让我们不再须要茹毛饮血、狼狈求生，不再须要胼手胝足地辛劳图存，但也在缓慢地消磨着我们最初的、原始的冲劲儿。

回顾过往，我们可以在历史和文学作品中看到太多太多于人世间探索求知的事例。对于人类来说，探索求知，本身就是一件非常传统和自然的事情。

楚辞中那句流传后世的“路漫漫其修远兮，吾将上下而求索”，论语之中的“吾生也有涯，而知也无涯”“朝闻道夕死可矣”，乃至三星堆文明中频繁出现的代表看清世界、了解自然的“眼睛”，等等，这些都在告诉我们：探索和求知，绵延在人类的历史之中。这种品质原本应当随着基因的传承镌刻在我们每个人的天性和血液之中。

然而，现实中，有太多的人根本就谈不上是在经历人生，严格来说，只能算是在“经过”人生。

机械地随着时间的流转，任凭生命在无意义的纠结和犹豫中，被一点一点地消磨、浪费。看似积累起来的，数量可观的“阅历”，在很大程度上，都变成了徒耗时间的“无用功”。

居里夫人是一名杰出的科学家，她与丈夫发现了镭的存在。不久，居里先生因车祸离开了人世。之后，居里夫人忍受着巨大的痛苦，继续镭的研究。在恶劣的条件下，她潜心研究，最终完成了两人的共同心愿。坚定的信念使她克服了种种困难，不断前进。同样，我们也需要抱定信念，去追求自己人生的价值。

如此说来，或许会显得有些残酷，然而，这的确是我们所面对的客观存在的事实。我们不能寄希望于某次顿悟来改变我们的人生。

因为世间的一切，从本质上来说，都是从量变到质变的过程。我们口中所谓的“风霜涉历身无害，胜似崖前太古松”的人生的确存在，但是，要达到这样的境界，前提是“风霜涉历”，而不是以旁观者的身份站在生活之外，眼睁睁地看着时间流淌。

所谓人生的积累，并不是完全有效的。有时间就有积累，但做功的结果总会分为有用功和无用功。

不要让你的人生，被无用功填满。睁开眼睛，用清醒的视角去探索世界，去满足自己的求知欲。这样的人生，才是有效的人生。

心理过墙梯

我们常会听见人说，人生是一种修行。但是，“修行”的方向会直接影响修行的结果。用心与否，结果会给出答案。所以，千万不要假装去努力生活。因为最终的结果，不会跟你一起演戏。

最宝贵莫过于求知欲

曾经有人说过，推进人类进步的有两样东西：一样是懒惰，另一样是求知欲望。

懒惰，导致我们去寻求更加轻松舒适的生活方式。追求这种生活方式的时刻往往就是人类情感和才智迸发出火花的时刻。

而求知欲望，则是一种更加直接的动力。这是一种非常原始的冲动，就如同数学中的公理，无法证明，但是，亘古长存，永远有效。

珍惜你的求知欲吧，上天并没有将这种宝贵的冲动赐予其他物种，或许这就是人类之所以成为人类的原因。带着求知欲，让人生更加圆满，是件不错的事情。好奇心或许会害死猫，但是，绝对是人生的必需品。

抓紧进行人生的积累

严格来说，我们每个人从呱呱坠地开始就在经历一个缓慢但却永不停歇地靠近死亡的过程。不论过去我们有过何种经历，不论我们有过怎样的迷茫和无助，都要记住，生命从没有，也绝对不会停下脚步。

对于我们来说，积累是达到升华之前一个必经的阶段。在你对是否前行产生犹豫的时候，请提醒自己：“永远不会有比现在更好的开始机会了。”

“现在”或是“当下”，是我们开始启动的最好时机，因为人生的积累，越早开始越好。这是一条颠扑不破的真理，不以任何因素为转移。

Chapter 7

精彩的内心世界才丰满

人生最宝贵的东西或许不是物质，而是人的内心。内心丰富的人往往所看的世界更大，眼光更加独到。而如何才能让内心更加丰富，是一个极其科学而微妙的事情，本章将带你一起探讨内心世界，让你的内心丰富起来。

1. 关注信息，让信息丰富你的世界

不像日本那样民众被全国性泛滥成灾的信息玩得团团转，纽约流行什么，洛杉矶流行什么，（美国）普通人根本不以为意。无视这种流动性、感觉性而从容淡定地走自己的路的这部分人，我觉得某种程度上还是为社会所需要的。

——村上春树《大学村 Snobbism（自命清高）的兴亡》

我们正在经历一个信息爆炸的时代。对于我们来说，“信息”两个字从来没有如此亲切过。我们享受着信息高速路以爆炸性的速度进行扩容。我们用不断更新、不断强大的电子设备，来协助我们接收并分析信息，以此来获取更加便捷、舒适、富足而又体面的生活。

但是，人类群体中已经有不少人，其中包括村上春树，他们或是直接或是委婉地提出过这样一个理论，那就是看似被包裹在海量信息中的我们，反而变成了信息孤岛中求生的可怜人。乍一听这样的论调，绝大多数人都会觉得这简直是天方夜谭。对于这些人来说，这个论调的荒唐程度就好比一个站在海洋中心的人在抱怨自己没有水一样。

只是当我们细细想来，站在海洋中心的人，难道不就是最缺乏淡水、最有可能会被渴死的人吗？

没错，在信息爆炸的世界，令我们可以轻而易举地得到各种各样的信息，不断推陈出新的搜索技术，层出不穷的各类搜索引擎，

都足以让我们在极短的间内，了解到古人用几年、甚至半生来追寻的信息。但是，这样的便利反而让我们失去了最起码的筛选、甄别、检索信息的能力。我们在不知不觉中就变成了最缺乏信息的人。我们就仿佛是孤岛上艰难求存的旅人，看着面前湛蓝色的海面，在脑海中强烈地渴望淡水那清甜的滋味。

关注信息，学会筛选，并且，明白如何去获取我们需要的信息，这样的人才算是懂得了在信息年代的生存之道。正如村上春树在上文所说的，当大多数人被泛滥成灾的无用信息淹没在一个毫无意义的深坑里面的时候，总是有人在从容淡定地走着自己的路。

这些人看上去仿佛表现出对生活缺乏足够的积极性，但是，与这些人接触，并且加深了解之后，才会发现，我们犯了一个多么大的错误。让我们向这些保持着真正的生活热情的人表示敬意吧！感谢他们在浪潮之中没有随波逐流，如矗立于繁杂的滚滚洪流之中的砥柱，突兀而倔强，让我们一眼就能从人群之中认出他们。这样的人群对于潮流似乎缺乏敏感，对犹如云烟一般布满视线的各类信息，采取了冷处理的态度。最初，我们也许会对他们的行为感到不解，但是，时间久了我们就会发现，这才是对待信息的正确方式——审慎而郑重。

互联网上的信息高速路，让我们可以用最快捷的方式、在最短的时间得到大量的词条和选项。但是，这些东西终究是没有办法和“有效信息”四个字画上等号的。当你在书写论文的过程中，为了检索一条数据而打开了搜索引擎，而目光却被那些吸引眼球却毫无营养的文章带偏，或者在查阅了大量词条之后，你才发现自己所要检索的内容由于过于“小众”而几乎无法找到。这样的失落感，就会促使我们不由自主地去想念那个简单的年代。在汗牛充栋的书斋里，站在书架下面，踮着脚尖，小心翼翼，犹如一个怯生生的孩子。在这个时候，你的目光虔诚而温和，一如看着喜欢的人一样。当你与自己的有效信息“偶遇”的那一刻，才会明白这种愉悦是何等美妙。

所以，我们真正要做的，不是搜索信息，而是用心去关注信息，来让信息充实并丰满我们的内心世界。

心理过墙梯

关注，并且用审慎的态度对待信息，但万万不可将所谓的信息“神格化”。胆大心细的人徜徉在信息海洋中总能够像最优秀的渔民一样打捞到自己需要的目标。

保持一定的检索能力

当今，有很多大学都在开设一门叫作“信息检索”的课程。很多人在进行初次学习的时候总会抱着一种非常迷惑不解的心情。

作为站在信息潮流最前端的年轻人，难道不具备最起码的信息检索能力吗？许多人都会以为，这只是一门早就该被清理到故纸堆里面的“无用学科”。

然而，在系统地了解后，当学员们看到“搜索引擎排序算法”“各大数据库检索标准”之类的概念后才会意识到这个世界上存在着大量的信息，有些是完全没有办法通过互联网来访问的。

互联网，就好像是一张涂抹得光鲜亮丽的风景画，挡住了我们眼前的真正浩如烟海的茫茫世界。尝试着去学习检索信息的能力，或许可以帮你看到更广阔的世界。

拒绝妖魔化信息时代

当“纳米”“纳米技术”成为热词时，不仅各行各业关于“纳米”的讨论甚嚣尘上，各种各样的周边产品也都粉墨登场。

纳米工具、纳米汽车、纳米服装，“纳米”仿佛一个箩筐，但凡被装进去的东西都会显得十分新潮和令人信服。民众随着对“纳米”的深入了解，才明白自己追捧的是一个多么滑稽的概念。

我们略有遗憾地看见这类可笑的场景如今又发生在“信息”这两个字上面。所以，严格说来，我们现在最需要的就是审慎、认真地对待“信息”这两个字。

毕竟，对于我们来说信息只能算是一种工具而已。

2 内心可以根植于家庭，但也要有历史使命感

> 多数年轻人固然要送走放荡不羁的青春时代，那种辉煌日子转瞬即逝。刚过二十岁就结婚成家，在生活的逼迫中各自成为百无聊赖的大人，每天早上开着敞篷卡车去工厂上班，做着千篇一律的工作，天一黑就和同伴去酒吧喝酒，谈一成不变的往事。那里没有出口，没有应做的梦。
>
> ——村上春树《没有意义就没有摇摆》

本节节选的文字尖锐到让很多人完全没有勇气逐字逐句地将它阅读一遍。因为这段话锋利得像是一片带着棱角、闪烁着寒光的玻璃镜子一样，尖锐地映照出（当代日本年轻人）窘迫的现实。

我们来剖析这段话："多数年轻人固然要送走放荡不羁的青春时代，那种辉煌日子转瞬即逝。刚过二十岁就结婚成家，在生活的逼迫中各自成为百无聊赖的大人，每天早上开着敞篷卡车去工厂上班，做着千篇一律的工作，天一黑就和同伴去酒吧喝酒，谈一成不变的往事。那里没有出口，没有应做的梦。"

这段话出自村上春树的《没有意义就没有摇摆》，光看题目就觉得这是一个棘手的问题。整段文字的描述充满着绝望，毫无未来可言。首先，我们要明白的是，作者为何这么尖锐地描述？我们还得回到作者创作的背景。二战后，在美国扶持下，日本的经济实现了一次腾飞，甚至，在房地产价格飙高的年代，整个日本的房价加在

一起都能买下两个美国。可是，这些都是泡沫，经济泡沫让日本经济由此消沉了几十年。

由此，我们就可以理解了，为何作者如此尖锐地描写当下日本年轻人的状态了。万般无奈地上班，天一黑就跟同伴去酒吧喝酒，谈一成不变的事，没有出口，没有梦，这是一个多么可怕的景象。看不到未来，只能得过且过，像极了当下那个日本。

纵然如此，村上春树还是用这个标题——《没有意义就没有摇摆》。是的，在村上春树看来，所有的事物都是有其意义的，包括那个时候日本年轻人的状态，也是有其意义的——这就是历史，年轻人只能乖乖遵照。不反抗，也不妥协，可以说是那个时代日本年轻人的状态。因为他们知道，只要保持如此状态，不出乱子，总有一天会慢慢变好的。上班还是上班，无奈还是无奈；一边劳动着，一边悲伤度日。我们可以想象当时的日本年轻人有多么痛苦了。

反观当下的我们，年轻人仿佛没有什么压力。在互联网氛围中长大的孩子们，可以说是幸福的。但是，他们似乎缺乏了历史情怀，也不思考自身所处的社会是什么时候开始变得如此经济发达的。

所以，建议年轻人的内心放远一点儿。你可以关注你的家庭，但也要认识自己、认识你所在的这个国度和社会，探索遥远的世界。这样做的目的是为了让你的眼界更为开阔，而不至于迷失自己。毕竟，没有人能特立独行，离开历史塑造的因果关系。

一个没有忧国忧民情怀的人，是一个脱离社会的人。如果一个人不去理解历史，就不会知道自己所在的“位置”——这里说的位置是指历史长河之中当下的状态。

我们来讲一个关于爱国主义情怀的故事。

1990年时，曹德旺还是个小人物、小老板。他感到做实业太累了，打算不干了。1995年，他带了全家和几百万美元去美国，顺利地拿到了美国绿卡。但福耀玻璃想完全甩手根本甩不掉，他只好全力去拼，渐渐地，企业越做越顺利。到了2005年，他已经将福耀玻璃做成了世界最好的品牌之一，渐渐地使福耀玻璃与全球顶级汽车商形成了共生互赢的关系。福耀玻璃真正成功了，他从业界与社会的尊重中获取了企业家的社会荣耀。他发现福耀玻璃将成为中国未来汽车玻璃的代名词，遂决定将美国的绿卡还回，全家重新回到中国。很简单的道理，他若做一个美国人，中国将"没有玻璃"。他说话有时比较简约，其完整的意思是，如果让世界顶级品牌福耀玻璃由于他的国籍原因变成美国品牌，那么，中国将失去这个重要的民族品牌。

曹德旺的表现就是典型的爱国主义表现，而正是因为他有这方面的觉悟，他才得到了全国人民的爱戴。他带着历史使命感，活出了自己的风格。

所以说，在努力拼搏的同时，还要有历史使命感。

心理过墙梯

强大的内心，不只可以让我们具备更强大的抗打击能力，同时，也可以让我们保持一颗年轻、敏锐的心。让自己的内心强大起来，就仿佛是给灵魂插上了翅膀，让我们可以时时处处兼顾生活与梦想，而并非二者水火不容。

关注历史人物，时时自省

做一个了解历史的人，须要多关注历史人物故事，以及历史事件。只有这样，才能让自己逐渐变成一个有历史使命感的人。

要有奉献精神

做一个有历史使命感的人，首先，要树立奉献精神，因为你是社会的一员。当你经常参与义务劳动，经常做义工时，就会逐渐培养起社会参与感。当你站在社会角度思考问题时，你的历史使命感也就自然而然地形成了。

3. 恋情，一种让内心更强大的动力

就像西藏的转经筒一样，转经筒旋转时，位于外侧的价值和感情就会忽上忽下，忽而闪光忽而黯淡，但真正的爱情始终固定在机轴上，永远不会变化。

——村上春树《1Q84》

村上春树的书中有一个永恒的主题，人世间最美好的情感——爱。在这个凄风苦雨的世界里，恋情就好像冰原上的一栋木屋，不管外面如何风雪交加，木屋中橘红色的、暖暖的火光总能带给我们无限的安慰。

本节前面的话选自《1Q84》。我们把这段话完整地照搬过来，你就会发现里面的韵味。

青豆说："呃，菜单也好男人也好，别的什么也好，我们觉得好像是自己在挑选，实际上我们也许什么也没选。说不定那是从一开始就设定好的，我们只不过是做出挑选的样子，什么自由意志之类的，没准只是我们的想象。我常常这么想，望着指甲，越来越强烈地觉得自己不过是个危若朝露的存在。即便只举出指甲形状这一条，都不是自己决定的东西，而是由别人随意定下，我只是老实接受，不管喜欢还是不喜欢。就像西藏的转经筒一样，转经筒旋转时，位于外侧的价值和感情就会忽上忽下，忽而闪光忽而黯淡，但真正的

爱情始终固定在机轴上，永远不会变化。”

这是一段关于爱情的阐述。女主人公认为，爱情这个东西是永恒的，不管表面怎么飘摇不定，但是，内心里的那份爱肯定是不变的、真实的。

村上春树不止一次地用他的文字构造出了一个个光怪陆离、匪夷所思的世界。他笔下的世界，总是带着一丝超现实的意味。在他构造出的这一个个世界中，人们艰难求存。争斗、质疑、分裂、背叛，屡见不鲜。我们在阅读的过程中却经常会隐隐地感受到自己莫名地处于一种不安的状态。简而言之，这些世界总是对应着我们所生存的空间，也就是爱。这是村上春树将我们现实生活中的一面进行抽象提取之后，所形成的一个新的形象。

不管是村上春树小说中的人物，还是现实世界中的我们，对于恋情都有个共同的特点，恋情能让人的内心更加强大。因为恋情有一个显著的特点，即“对话”。不管怎样的恋情，“对话”是必不可少的。不管是自己内心的对话，还是情侣之间的对话，反正，每次对话之后都会升华出一些很有人生价值的东西。

正如《1Q84》之中“未知的Q世界”一样，在这个充满着暴力、阴险和欺骗的世界中，天吾、青豆等人都被设定为“善恶共存”的复杂个体。当他们沉浸在丑恶之中的时候，好在最后总有一丝丝善意的牵绊，将他们挽留在尚有人性的范畴之中，那牵绊就是恋情。所以说，恋情这种东西，在哪里，在何时，都可以改变你。当你正确地对待恋情的时候，你就会变得更加强大。

然而，当你错误地对待爱情时，你有可能会因此粉身碎骨。就像《挪威的森林》里的直子一样，因为青梅竹马的爱人死了，之后的行为就显得那么模糊不定，基本丧失了自己。

我们不妨看一下直子的故事：

木月是渡边的朋友，也是直子青梅竹马的爱人。但他在17岁的时候，自杀了。他用橡胶管连通汽车排气管，再用胶条把车门密封，然后，发动了引擎。尾气一点一点填充进来，生命的气息一点一点被排挤干净。在木月死之前，直子和渡边只是认识而已，话都没有说过。直到上了大学，两个人不期而遇。然后，渡边来给直子过20岁生日。窗外下着雨，窗内两个人吃着蛋糕，喝着酒，爵士音乐从第一盘听到第六盘。然后，直子双眼满含感伤的泪水，渡边进入她的身体。直子后来说，那天渡边进门的时候，她就已经迫不及待了。她在渴望，在等待。只是等待的并不是渡边。木月在自杀之前，陪他度过生命最后一段时光的是渡边。两人在一起打台球，直子对此很介怀，她以为那本来是她才能专享的权利。渡边说："直子对我心怀不满，想必是因为同木月见最后一次面说最后一句话的，是我而不是她。"渡边身上，一定还残留着木月的气息。至少直子是这样以为的。她等待的是木月。或者说是附身在渡边身上的木月。

这基本上就是《挪威的森林》的故事简介。直子竟然把死去男友的朋友当成男友，最后不得已只能在精神病院生活。直到这个时候，我们才会发现，看似荒诞的描述里，这些描写是多么写实。

有心理学家研究过朱丽叶与罗密欧的故事，发现了一个很有趣的现象，心理学领域称之为朱丽叶与罗密欧效应。这个心理现象是这样的：两个相爱的人，越是有人阻挡他们的恋情，这份恋情进行得越是猛烈。因为在阻挡的过程中，给他们创造了一个相互认识和交流的环境，他们越是思考怎么摆脱阻挡，越是产生了十分真挚的交流。于是，这份恋情更加稳固了。

这个心理效应说明了一个问题，恋情的确能让一个人的内心更加强大，让人变得勇敢而刚强，变得义无反顾，同时，也让人在经历风霜的时候，在心底留着一盏灯火。

在詹姆斯·卡梅隆的经典巨作《泰坦尼克号》中，露丝从最初的一个充满叛逆气息的、在绝望之中挣扎的、失落的贵族少女，渐渐地蜕变成一个坚强而独立的女性。我们隐约地可以感觉到，所谓的巨轮沉没，似乎是生活之中一切危机的代指。在危机最初的关头，少女张皇失措，但当发现爱人被困在舱底时，却可以抱起沉重的消防斧，冲入冰冷的海水中，斩断那只碍事的手铐。当两人漂流在冰冷的海水之中时，在对杰克发出了“坚强活下去”的誓言后，这个不谙世事的少女坚强到可以亲手掰断爱人手上的一层薄冰，目送他以安睡的姿态落入海洋深处。

无独有偶，在《乱世佳人》中，从小过着优渥生活的斯嘉丽，在美国南部颠沛半生后，却在白瑞德的爱意之下迸发出了令人难以想象的能量。

爱恋，从来都是激发潜能，让我们变得更加强大的动力。

心理过墙梯

在所有能够激发出足够的主观能动性的因素中，爱恋无疑是最重要的因素之一。

抛开掣肘，拥抱爱恋

对于很多人来说，羞于或怯于表达爱意其实是一种自我保护的表现。只是这种自我保护，和人类身上存在的其他“返祖行为”都很类似，那就是它们都是无用的。

敞开心扉勇敢地去爱，尽管这么做有可能让你受到伤害，但是，在伤害的洗礼中成长，追寻，总要强于在怯懦的作祟之下，黯然一生。

为爱担当

我们高度肯定爱恋对于人生的积极作用。但是，沉浸在爱河之中的人们，同样也容易患上一种通病。那就是许多人，都会在爱河之中患上难以名状的幼稚病。

有情饮水饱的世界是不存在的。如果爱，那么，就请大胆而放肆地表达出来，但是，同样也要肩负起爱的责任，为了爱的人，更是为了自己。

4. 有始有终，内心方能不被诅咒

随着黎明的到临，我们认为或许会永远持续着的饥饿也消失了。太阳最初的光芒将大厦肮脏的墙面染成了藤黄色，“新力牌高传真音响组合”的巨大广告塔依旧发出耀眼的闪烁，在不时响起大卡车经过的轰隆声中，似乎还混杂着鸟叫声，fen 电台播放着乡村音乐。我们两人合抽一根香烟，香烟抽完之后，妻子将头靠在我的肩上。

“你真的认为有必要做这件事吗？”我再一次问她。

“当然！”她回答。

——村上春树《再袭面包店》

本节前面的文字选自《再袭面包店》。主人公夫妻两人抢了一次面包店。“我”问妻子有必要做这件事吗？妻子很坚定地回答“当然”。《再袭面包店》这篇小说是村上春树的得意之作，而里面的故事也匪夷所思。要理解上面文字的意思，我们还是先来总览一遍这个故事：

一天夜里，刚结婚不久的小两口突然醒来。两人都饿得不得了，把家里所剩无几的食物扫荡一空，那种饥饿感仍然无比凶猛。

这不是一种正常的饿，妻子说：“我从来没有这么饿过。”

这时，“我”不由自主地回了一句话：“我曾经去抢劫面包店。”

“抢劫面包店是怎么一回事？”妻子揪住这句话问了下去。

原来年轻时“我”曾和一个最好的哥们抢劫面包店，不是为了钱，只是为了面包。抢劫很顺利，面包店老板没有反抗的意思。不过，作为交换，他想请两位年轻人陪他一起听一下瓦格纳的音乐。两个年轻人犹豫了一下，但还是答应了。毕竟这样一来就不是“抢劫”面包，而是“交换”了。

于是，在陪着老板听了瓦格纳的音乐后，两个年轻人“如愿以偿”地拿着面包走了。然而，“我”和伙伴非常震惊，连续几天讨论，是抢劫好，还是交换面包更好。两人理性上认为，交换非常好，毕竟不犯法。但是，从直觉上，“我”感受到一些重要但不清楚的心理活动发生了。“我”隐隐觉得还是不应该和店老板交换，相反，该用刀子威胁他，直接将面包抢走就是。

这不仅是“我”的感觉，也是伙伴的感觉。后来，两人莫名其妙地再也不联系了。

对妻子讲述这件事时，“我”说：“可是，我们一直觉得这其中存着一个很大的错误，而且，这个错误莫名其妙地在我们的生活中留下了一道非常黑暗的阴影……毫无疑问地我们是被诅咒了！”

“不仅你被诅咒，我觉得自己也被诅咒了。”妻子说。她认为，这就是这次莫名其妙而又无比凶猛的饥饿感的源头。要化解这种饥饿感，要化解这个诅咒，就必须去完成这个没有完成的愿望——真真正正地再去抢劫一次面包店。

村上春树这部短篇小说的寓意就是：未被实现的愿望，具有多么强大的力量！用我们中国人的话说，这叫有始有终。有始有终的力量是非常强大的。你的欲望一旦没有完成，你就会在心理一直惦记着它。这样的事情多了，你的生活就怎么也不会快乐起来。所以，不管什么事，都要做到有始有终，这样生命本身才能完整。

有一家媒体报道过这样的一个新闻，一名 80 岁的老人马德峰，在长达 47 年的时间里一直在寻找初恋女友，最终通过一家报社得以圆梦，知道了初恋女友的下落。

这种未被实现的愿望，为什么会有如此巨大的力量呢？

对此，可以用完形心理学给予解释。完形心理学源自德国的一个心理学流派，其核心概念就是完形，大概意思是，我们会追求一个完整的心理图形。一个有始有终的初恋，不管结果是走向婚姻的殿堂，还是分手，只要有明确的结果，就是一个完整的心理图形。然而，假若初恋无果而终，就是一个没有完成的心理图形。那么，我们就会做出很多努力，渴望完成它。

马德峰老人和初恋女友因为外部原因而不能结婚，这不是自己意志的结果。并且，分手后，两人失去了联系。这两个原因加在一起，导致马德峰在这一件事上的心理图形有很大的不完整感。这是令他在后来的 47 年中不断地寻找初恋女友的重要动力。

马德峰老人的这种心态其实并不罕见。有报道称，山东青岛一家机构甚至专门推出了一项特别的服务——“代孤独老人寻找初恋情人”。

所以，不管做什么，做事要有始有终。要不然，内心总是感觉被诅咒一样，你会处处不安。

心理过墙梯

有始有终和拖延症是一对死对头。一旦你的欲望没有实现，你生活的头顶上就会多出一片乌云。本节将带你改变这个性格，让你做事有始有终。

积累是必然的阶段

我们不止一次听说过这句话，任何事情，都是由微小的量变到质变的过程。即便是“高等文明”都无法解读的神秘之美，同样，也无法超脱这句话的窠臼。努力积累，只有一步步地拾级而上，才能站在顶端，一览山川壮丽，实现“有始有终”。

马上行动，才有摆脱乌云的可能

就像故事中一样，夫妻二人突然发现曾经抢劫面包店哪里不对劲，导致今天这么不安，所以他们立刻开着车，带上面具和枪，去抢劫面包店。当然，这里不是教你去犯法。当下立刻行动，你就会发现，你曾经坚持下来的事情最终会有个结果。

5. 幻想一切，启动最初的动力

较之把自由本身搞到手，把自由的象征搞到手恐怕更为幸福。或许世上几乎所有人都不追求什么自由，不过自以为追求罢了。一切都是幻想。假如真给予自由，人们十有八九不知所措。这点记住好了：人们实际上喜欢不自由。

——村上春树《海边的卡夫卡》

这是村上春树在《海边的卡夫卡》中借助大岛之口说出的一段话。在村上春树看来，人类的自由其实有多种的表现形式。很多时候，我们并不清楚我们追逐的到底是什么。或许在大岛的认识中，所谓的自由原本不是一个准确的概念。思之所存，即是自由之乡。只要人类还存在着幻想的权利，那么，我们的灵魂就是自由的。

曾几何时，我们还不是那么反感幻想。当我们回首人类历史的时候，不难发现这样的事例曾经比比皆是。那些生活在粗糙、简陋的环境下的人们，过着我们无法想象、充满缺陷的生活，却时刻在擦亮眼睛，将目光投向远方的星空。

伊索寓言中有这样一段故事。天文学家站在房顶观察星星。当他沉浸于浩瀚银河的壮美时，却不小心脚下踩空从房顶跌落，躺在了下面的烂泥里。

天文学家的呼救引来了隔壁的农妇。当得知天文学家因为观察星星而跌落在这片很容易躲避的烂泥中时，隔壁的农妇发出阵阵哂笑：“你可以去观察天上的星星，却看不见脚下的烂泥。”

在阅读这段寓言的时候，不少人都嘲笑天文学家的好高骛远和不切实际。我们不否认农夫农妇们的劳作对于人类生存的必要性，但是，倘若没有这些将目光投向苍穹，用极高的成本去点点滴滴地累积经验，带领我们认识自然的天文学家，人类就真的只能身处烂泥而无法自拔了。

普鲁士国王威廉一世曾评价哲学家、数学家莱布尼茨：“这个整日无所事事、胡思乱想的家伙，连给我站岗都不配。”

然而，多年过去了，莱布尼茨的微积分理论至今还在为人类科技的发展发挥着基石般的作用，那位威廉一世却已经成为历史的尘埃。

对于上述寓言和故事，更加贴切的解释可以用东方道家的言语来阐述：“上士闻道，勤而行之。中士闻道，若存若亡。下士闻道，大笑之。不笑则不足以为道。”

没错，天文学家本来就不应该奢望自己的胸怀能够被农妇所理解和接纳，从烂泥里面爬起来，继续仰望星空就可以了。

我们可以尝试着去想象，若没有天文学家对于星空的幻想，没有莱布尼茨对于数理关系的幻想，没有伽利略对于亚里士多德的质疑，没有哥白尼对于“天圆地方”的驳斥，没有牛顿对寻常重力的好奇，没有麦克斯韦对于电磁理论的钻研……人类世界将会是怎样的一种状况。

这些看似埋头故纸堆，看天看地就是不看脚下的家伙，理应得到足够的尊重。因为幻想本身就是启动人类世界一切原动力的本源。否则，我们将无异于给自己的大脑加上了一把生锈的锁头。

要知道，即便是最最无道的暴君，也是无法做出这样的事情。然而，我们却在嘲笑这项神圣的天赋人权。

努力生活没有错，但是，始终保持着幻想和希冀，我们个人的人生，我们这个物种的未来，才会具备更多的希望。

心理过墙梯

幻想是每个人最正当的权利，同样，也是人类进步的原动力，更是我们现在所面临的一个大问题。

无视哂笑和冷眼

正如《道德经》中所说的：“下士闻道，大笑之。不笑不足以为道。”在我们徜徉在思绪的海洋中时，必须做好面对哂笑和冷眼的准备。

原因很简单，每个人都生活在自己的世界和认识之中。相互理解，其实是一种奢求。有的时候，太过在乎外界的反应，反而是我们给自己设下的陷阱。

不要忘了身在何处

有人说过，所有的艺术家都是疯子，但并不是所有的疯子都是艺术家。幻想是天赋人权，是我们可以正当享受的权利之一。

我们可以理直气壮地放飞我们的思维。但是，就仿佛天空中的风筝，总需要一根绳子拴着它，而绳子的另一端必须紧攥在我们自己的手中。

不管飞得多高，飞得多久，思绪终究须要落地。天空可以提供给思想足够呼吸的空气，而大地则是供给养分的土壤。两者缺一不可。

一如痴迷《红楼梦》的那位清代少女读者，在阅读了这部旷世巨著后却将整个人的神志留在了书中。当家人为了让她清醒过来烧书时，却只得到了“奈何烧杀我宝玉”这样一句令人啼笑皆非的回答。

能够顺畅地进入幻想的世界，同样，也要能够懂得在合适的时机抽身。否则，一味地沉浸在幻想中，迷失其中而走不出来的话，那就真的只是单纯的疯癫了。

6 内心略高于眼睛，打破现实表象

If you’re in pitch blackness, all you can do is sitting tight until your eyes get used to the dark. 如果你掉进了黑暗里，你能做的，不过是静心等待，直到你的双眼适应黑暗。

——村上春树《挪威的森林》

在三星堆文明中，最为明显、最为引人注目的元素就是“眼睛”了。在人类文明中，崇拜眼睛的案例比比皆是。纵贯南北，横穿东西，眼睛的神圣被全人类所公认。

日本精神科医生和田秀树在《心理学达人手册》中曾经针对人类的五感进行过分析和排序。他最终认为，不管任何种族、任何文化背景，视觉给予我们的感受，总是优先于其他感觉。所谓先入为主，最为直观的感受永远是来自于视觉。

一如村上春树在《挪威的森林》一书中所写的那样：“掉进了黑暗，你能做的，不过是静心等待，直到你的双眼适应黑暗。”

没错，双眼是可以适应黑暗的。相比于听觉等其他感觉，视觉总是可以在各种极端的环境下，尽量让我们接收到各种信息。所谓耳听为虚，眼见为实，大概就是人类对于视觉效果可靠性的最直接的一种肯定。

然而，眼见就一定为实吗？

曾经有人进行过这样的猜想，所谓颜色，其实是一种根本就不存在的属性。在自然界中，我们能看见所有物体的颜色是因为物体反射出了特定颜色的光芒。在所有光谱混合成的自然光下，物品们各自吸收并反射特定的光。也就是说，我们看到的颜色其实是这个物品最不善于吸收的光的颜色。

直至目前还没有人提出，这样的猜想到底具备怎样的实际意义。但是，最直接的结果，就是让我们意识到，我们看到的表象所代表的意义，其实远远没有我们以为的那么高。

很多时候，真正可以给我们带来足够的判断依据的，未必是五感所传达过来的表象信息，而是我们的内心，在综合了各方面感官的感知后，所做出的一个综合评价。

也就是说，我们须要让内心的敏锐程度略高于我们的双眼。在做出选择和判断的时候，似乎应该是我们的内心为主导，而非眼耳口鼻所带来的单方面的感知。

彼得·威尔执导的电影《楚门的世界》就表现了人类对于表象的一种抗议。电影讲述了金·凯瑞饰演的男主角楚门在自己的世界中生存了小半生后，忽然发现已经去世的父亲居然重新出现在了人间。

这让他在震惊之余，也开始怀疑自己所看到的。最终，他开始怀疑自己的生活、自己居住的城市乃至这个世界都是假的，只是一个围绕他本人而倾力打造的一个摄影棚而已。

事实上，楚门的猜测并没有问题。他的人生，本来就是传媒巨头所打造出来的一个“真人秀”。他的妻子、挚友、同事从来都只是真人秀中的演员。

这些人在他的生活中，扮演着各种各样的角色，然而，实际上他们的目的只是让楚门的人生能够看上去自然而正常，以此来撬动起他们的收视率。最终，楚门意识到，那个看似“死而复生”的父亲，其实是一个偷偷地重返摄影棚的演员。当得知自己身边的一切都是假的时，楚门喃喃地说出了一句话：“你们做得天衣无缝，几乎没有任何破绽。即便是有缺陷，也都很及时地弥补了。但是，我就是能够感觉到我的生活不是真实的。”

没错，即便是在毫无意识的状况下，内心也会忠于我们，为我们做出准确的判断。最终，当楚门开始反抗摄制组、离开这个巨大的摄影棚时，那些站在屏幕前面，以观赏楚门的隐私为乐趣的观众，也忍不住地发出了热烈的欢呼。

在内心的感召下，开始追逐真正属于自己的生活，这本身就是一件值得所有人欢呼的事情，不是吗？

然而，这个世界上最大的摄影棚，却不是楚门最初生活的那个伪装出来的世界。严格说来，地表以上，大气层以下，这片广袤的空间，我们人类生存了数万年的地球，同样是一个巨大的摄影棚。

只是这个摄影棚我们互为摄影师，同时互为观众。在完成自我扮演的同时，我们也在不断地尝试着去窥探他人的真实身份。

正因为我们生存在这样的环境中，内心才一定要高于眼睛。只有这样，才能够让我们看穿表象，从而接近真实。

心理过墙梯

村上春树的小说和《楚门的世界》等诸如此类的作品，不约而同地发出了一个类似“庄生梦蝶”的质问，质问世界，质问自我。这样的质问，让我们的内心出现了一丝恐慌，开始质疑人生存在的价值和意义，同时，也开始试图让内心迅速地变得强大。

内心的强大需要经历的积淀

对军人来说，任何特等射手都是被一颗颗子弹喂出来的。脱离了实战本身，什么枪口挂砖块，什么“有意识瞄准，无意识击发”，都没有任何意义。

让内心变得强大的过程，从本质上来说和成为特等射手没有太大的区别。这是一种只可意会不可言传的经验科学，无法量化，不能被度量。唯一能够确定的有效方式，就是用力生活，用力感受，让经历积淀成能力。

信任远比质疑更有效

谎言并不一定代表恶意。在人生中，必须要确认这一点，然后，再开始观察世界。否则，当你的眼中只剩下欺骗的时候，倒不如继续享受“眼不见”所带来的安稳的感觉。

很多时候，不要被恐惧支配，从而习惯性地用质疑一切的态度来面对世界。有的时候，信任的热度足以融化坚冰。

Chapter 8

以根为基础成长

本章探索的问题是根。何为根，最基本的东西就称为根。只要找到根本，你就能从根本出发，顺藤摸瓜，找到最终的解决办法。

1. 必须再做一次，彻底释放自己

剩下我一个人之后，我又再度从船上探出身子来，窥着海底的景观，但是，这时候再也看不见海底火山的模样了。水面一片平静，倒映着蓝色的天空，小小的波浪像清风吹拂缓缓摇曳的绢质睡袍似的，轻叩着小船的侧板。我横躺在船底，闭上眼睛，等待涨潮将我再运到最适合的地方。

——村上春树《再袭面包店》

前面的文字节选自村上春树的《再袭面包店》。在前面，我们已经了解了这个故事，它以怪异的情节告诉人们，不管什么时候，你都会对你曾经的欲望念念不忘。

对于现实生活中的我们来说，生活何尝不是常常压迫着我们，让我们时时感到痛苦的饥饿感，同时，也压迫着我们的神经。但心灵的饥饿感比身体的饥饿感更加恐怖。我们为了那一点点的生活所需，为了物质上的追求，却早已把精神和心灵饿得死死的。空洞的我们，抱着我们所谓的正确原则，过着自认为正确的生活。可是，看看自己有没有发现，当你从乘坐的那条小船探出身子，俯视海底火山顶时，那围绕小船四周的透明，海水的透明，使我们变得如此不安。这就好像心窝深处突然生出了一个大窟窿，没有出口，也没有入口。这种失落感，人们常常选择把它埋得深深的，却从没想过要填补心中的空缺。因为我们过着自以为是的正确生活。

当我们的身心已经饿得不能再饿时——或许我们也应该学会为自己疯狂一次，抛弃那些教条、束缚、伪装，让我们赤裸裸地站在世人面前，为自己曾经的那个梦想疯狂一次；或许我们也应该学会看看身边爱的人，甩掉名利、金钱，让我们微笑着站在爱的人面前，看看地图，一起去旅行。

是的，生活须要疯狂一次；有些事情须要再做一次，想起来了，就要为之疯狂。要不然你就会觉得哪里不对劲儿。

而村上春树在《再袭面包店》里给我们的忠告很清晰：不要试图忘记过去，不要把心灵深处的根都丢掉。即便你暂时忘记了，总有一天会在不经意间记起来。而且，这个时候，你会对你曾经似乎忘记的事耿耿于怀。

以《再袭面包店》为标题，其实恰到好处：说得好听点儿是“袭”，说得实在点儿就是“抢”；在一般人的价值观中，“袭”一次都是不道德的，更何况是“再袭”。但每一个人在潜意识里或多或少都会有这样的想法和动念，绝大多数人可以克制住，不去实施这种行为。村上春树描绘这样的行为，或多或少地让更多的阅读者从心灵深处得到了释放。

是的，很多事我们小时候去做了，但没有做成功。长大了，不要再让这些事情就这么溜走了，你要再次去实现它。这估计就是人们常说的完美人生了吧。

很多人都有同感，多年以后回到母校，都会感触良多。比如，今年 35 岁的小王，回到母校突然有一种要哭的感觉。他漫步在当年走过无数次的小路上，抚摸着当年驻足过的梧桐树……如今的校园给他的感受非同昔比。当时，校园给他的感觉是无味、无聊的，巴不得早日离开校园；而现在，他竟然如此留恋校园，或者是留恋当时的年少时光，迫切地希望时光能够倒流——如果能回到过去，他一定会好好学习。

是的，生活就是这样，很多东西须要我们找回来，特别是年轻时没有来得及做，或者做了却感到不够完美，甚至想再做一次的事情，这就往往须要我们回忆并且立刻去执行。这样你就会从前后两个时间段里的行为中找到不同的答案。年轻时，你做不到的事，现在去做了，现在和当时的认识是不一样的。这不仅仅是做一次以前你做不到的事，而且是让你的认知再一次升华。

心理过墙梯

坐而论道容易，但是，付诸实践却存在着相当大的难度。所谓认清环境，认识环境，只是寥寥几个孤立的文字而已。如何做到、做好这些，却须要好好地下一番功夫。

经验的积累

严格来说，人类走到今天，靠的就是“经验”和“实验”。人生的每一次转折，每一次变故，都可以让我们从中汲取相当多的经验。时时积累，时时铭记。让这些经验真正地为自己所用，让过往的经验成为日后的指路明灯。

居安思危

居安思危这个词的提出，绝对是对人类思想的一项重大贡献。我们应该勇于探索，对过去不能实现的事情再做一次，不要对当下过于满足。

2. 感悟过去，正确对待当下才能真正成长

必须正视过去。不是作为一个容易受伤的天真少年，而是作为一个自立的专业人士。不是看自己愿意看的东西，而是看不得不看的东西。否则，你只能背着沉重的包袱度过今后的人生。

——村上春树《没有色彩的多崎作和他的巡礼之年》

《没有色彩的多崎作和他的巡礼之年》讲的是一个巡礼的故事，即主人公多崎作对于在大学二年级发生的一个让他悲痛欲绝的事件的寻访。这个事件就是在多崎作大学二年级的时候，他所处的一个五人团体突然将他排除在外。这五人的团体，是高中时期在课外活动上结成的，五人都视彼此为至交。这个团体也因此带给五人前所未有的和谐与温馨。

五人中，除了多崎作，每个人的名字中都带有一个表示颜色的字，两个男生——赤松和青海，两个女生——白根和黑野。唯独多崎作的名字中没有颜色，这也一度让他自己认为这是他被团体驱逐的原因。因为他觉得自己的性格以及整个人都像名字一样没有颜色，只是一个没有任何特点的空瓶。由于被团体驱逐，多崎作一度迷失了生活的方向，甚至产生了自杀的念头。但是，随着时间的推移，多崎作逐渐从对死亡的追逐中脱离出来，迎来新的生活，同时，也结交了新朋友灰田。然而，这个新的至交灰田，最后同样离开了多

崎作，理由同样不得而知。但是，多崎作这次感到很平静，并没有像被五人团体驱逐时那样悲痛。时间来到了多崎作 36 岁的时候，在这期间，多崎作已经把当时的伤痛完全隐藏了起来。36 岁的多崎作偶然间结识了比其年长两岁的沙罗。在两人交往的过程中，沙罗感觉到隐藏在多崎作心中的那个“硬块”，并且劝说多崎作去解决它，而不是隐藏它。否则，二人的关系会始终隔着一层隔膜。听从了沙罗的建议，同样也是在沙罗的帮助下，多崎作对当年的五人团体中的赤、青、黑进行拜访，询问自己被驱逐的原因，而白早在六年前就已经离开了人世。

在寻访的过程中，多崎作逐渐了解到当年的驱逐只不过是因为白的一个谎言，白谎称多崎作将其强奸。大家为了帮助楚楚动人的白走出阴影，不得不选择驱逐多崎作。尽管大家当时都是半信半疑，但始终也没有给多崎作解释的机会。这么多年过去了，再谈起这件事时已经没有什么意义。那个团体在多崎作被驱逐后不久也逐渐分崩离析了，大家也都各自走上了属于自己的人生。

多崎作内心中的疑团因此得到了解答。在与黑交谈的时候，黑劝其珍惜这个叫沙罗的女朋友。因此，结束寻访的多崎作也决定和沙罗一起走下去。但是，多崎作为了能够把接下来的路走得顺利，向沙罗坦白了自己知道沙罗有另一个男朋友的事实，想要沙罗给他一个解释。沙罗踌躇了片刻，决定在深思熟虑后给多崎作一个答案。故事也就此戛然而止。

这个故事看似离奇怪异，但是，结尾却告诉我们，对于过去的事情不要太纠结。如果我们对过去的事情过于在乎，往往会耽误很多事情。

村上春树一如既往地使用了众多的象征和隐喻，加之很多哲学性的叙述，让本来就难懂的文字又被蒙上了一层“卡夫卡”的面纱。同时，村上春树也是一如既往地用他的风格——即用个人的创伤来反映社会现实。先抛开那些值得深度研究的象征和隐喻不讲，村上春树还是通过这本书向读者传达了这样一个信息，这是一个关于成长的故事。

人的成长，和伤痛有关，人只有正视自己受过的伤痛，才能够真正地成长。而想办法去隐藏伤痛，等时间来冲淡它，是无效的。多崎作一开始的选择便是用时间淡化掉这段伤痛，尽管心里不再感到难受，但是，这段伤痛始终像一层隔膜似的阻碍着多崎作与外界的真正连接。因此，沙罗建议多崎作亲自去寻访这段伤痛记忆的制造者，并且，彻底地解决掉伤痛。村上春树也借助多崎作的经历来鼓励读者用积极的态度面对过往的伤痛。最后一个信息就是要正视自己的价值。多崎作一直认为自己像名字一样没有色彩，没有特点，是一个很平凡无趣的人。他始终无法正视自己的价值，以至于直到黑亲口告诉他曾经倾慕他时，他都没有察觉到自己的价值。无论是黑，还是沙罗，都为多崎作这种没有颜色的平静所倾心，只要待在多崎作身边，就会感到安心。正像沙罗所说，多崎作这样一种无色的空瓶，正是很多人所需要的。很多人都期望着往空瓶中放东西，这也正是他的价值。除了多崎作本人，五人团体中的其他人都清楚他的价值。多崎作正是那个维系这个团体的枢纽。也正因为此，在多崎作被驱逐后不久，团体便分崩离析。但是，多崎作从来也没有察觉到自己的这个价值。村上春树想通过多崎作的经历告诉读者，无色也是一种颜色，即任何人都有其特点和优点，我们要正视自己的特点，要懂得自己的价值。

正如本节摘选的文字所说，必须正视过去，不是作为一个容易受伤的天真少年，而是作为一个自立的专业人士。

心理过墙梯

所谓“以史为鉴”，不是冠冕堂皇的、用来标榜自己的漂亮话，而是一句从实用主义出发的非常客观的告诫。一方面，历史可以作为参照物；另一方面，历史也可以作为一条底线，明确地告诉我们应有所为，有所不为。

重视历史

发生过的事情，并不代表着完结。正如一只美洲东岸的蝴蝶扇动翅膀，就有可能在西岸掀起一阵风浪。蝴蝶效应广泛地存在于所有空间，也存在于过去和现在，并且，必将存在于未来。

我们必须真正意识到，历史不是故纸堆中的记录，而是先人付出了极大代价才换回来的答案。

不为历史所累

历史的重要性不言而喻，但是，我们也须要认识到：发生过的事情，是经验，是答案。但绝对不是，也不能是负担。

发生过的事情，已经发生了，时光不能逆转，也没有必要逆转。我们在历史中感悟，学习，最终的目的是为当下和未来服务。

3. 精神在一个地方，身体四处游走

肉体才是人的神殿，不管里面供奉的是什么，都应该好好保持它的强韧、美丽和清洁。

——村上春树《1Q84》

村上春树有很多爱好，其中最为大众所知晓的，就是村上春树是一个超级马拉松爱好者。在他的笔记中，曾经记录过这样一件事情。他曾经在德国居住过一段时间。在那个地方，每天在晨跑的时候，他总是可以见到一位中年女人。时间长了之后，两个人渐渐熟识。攀谈之后，他才意外地发现，这位女士其实是一位从事皮肉生意的妓女。

当时，在村上春树的印象中，所有的风尘女子都应当过得无比堕落：生活不规律，昼伏夜出，烟酒不断。晨跑这种事情，应该是跟她们没有什么关系的。

而这位女士却告诉他："即便是从事这种行业，身体也是本钱。如果没有一个健康的身体，那么，什么东西都是虚无而没有意义的。"

这次偶遇的谈话，和《1Q84》中借助青豆之口说出的这句话，两者之间是否存在着因果关系，我们不敢随意杜撰。但是，从这两者之间可以看出，村上春树对于躯体的确是存在着一种近乎崇拜的感情。对于身体的敬惜，在中国同样也存在着很多例证。譬如儒

家《孝经》中的“身体发肤，受之父母，不敢毁伤”。当然，如果单看这一句话,《孝经》中的所谓“身体”，从本质上是被物化的“父母”。因此，爱护身体，被视为孝行的一种。

南北朝时的《神灭论》中对身体的重视就更加直接。而且，这份重视也更加侧重于身体本身，而不是其他因素。从这篇无神论名作的字句之间，就可以看出来。

问曰：“名既已殊，体何得一？”答曰：“神之于质，犹利之于刃，形之于用，犹刃之于利，利之名非刃也，刃之名非利也。然而舍利无刃，舍刃无利，未闻刃没而利存，岂容形亡而神在。”

问曰：“刃之与利，或如来说，形之与神，其义不然。何以言之？木之质无知也，人之质有知也，人既有如木之质，而有异木之知，岂非木有其一，人有其二邪？”答曰：“异哉言乎！人若有如木之质以为形，又有异木之知以为神，则可如来论也。今人之质，质有知也，木之质，质无知也，人之质非木质也，木之质非人质也，安在有如木之质而复有异木之知哉！”

问曰：“人之质所以异木质者，以其有知耳。人而无知，与木何异？”答曰：“人无无知之质犹木无有知之形。”

问曰：“死者之形骸，岂非无知之质邪？”答曰：“是无知之质也。”

诸如此类的发问，作者范缜还提出了许多，从逻辑上证明了身体才是生命存在的本质。也就是说，早在千年之前的南北朝时期，就有人已经彻底地领悟了这个道理。然而，直到今天，本末倒置的人却依旧比比皆是。

我们并非要否定精神的重要性，正如臧克家的诗句所说：“有的人活着，他已经死了。有的人死了，他还活着。”诗句之中的所谓“死”或者“活”则是基于精神层面的。

一定要明确二者关系的话，我们只能说，精神和身体，是生命存在的两个同时不可或缺的因素。没有精神，肉体就会变成行尸走肉，丧失生存的真正意义。没有肉体，那么，精神就根本无从谈起。

生命存在的价值，我们没有办法具体言说，但是，那一定是精神和身体二者达成了和谐统一的境界之后的产物。而这种和谐统一，就是我们努力想要达成的一个效果。通读村上春树的作品，我们不难发现，村上春树的观点，一言以蔽之就是：精神在一个地方，身体四处游走。

其实，这句话在乍看之下，或许会让人感到疑惑。我们常常听到，某人身在方寸斗室之内，而神游万里之外。以此来形容精神世界的自由宽广。然而，这句话细细想来，却总能品味出一丝逻辑上的问题来。人的思维是创意和经验共同作用的结果。倘若某人身在某处，终身不曾有所游历，有所经历的话，那么，可想而知此人的精神世界一定也是相对单一，甚至濒于枯竭的。

试问这样的精神，又如何神游天下，纵横世间？

所以，对于普罗大众而言，最好的境界，其实是“精神在某处，而身体四处游走”。所谓精神在一处，指的是我们自觉地让精神达到专注的程度。毕竟对于大多数的平常人来说，我们的精力和思维的能力都是有限的。

在生活中，最好的方式就是将有限的精神投入到一个专一的领域，达到专注之后方能有所成就。而我们的身体，作为精神的载体，倒不妨四处游走，游历见识一番。如此一来，倒是可以将这两者比作电脑的寄存器和处理器。身体可以带给我们直观的感受，让我们有所见，有所闻，正如寄存器读取数据一般。而精神则好像是处理器，在接收数据后进行处理，最终进行加工乃至升华，这样才能够达到契合运转的效果，让生命的意义愈发不同寻常。

生活中，历史中，以这样的方式来升华生命的例子不胜枚举。

唐代鉴真和尚，他的精神做到了一心向佛，而身体则东渡传法。后人称赞道："鉴真盲目航东海，一片精诚照太清。舍己为人传道义，唐风洋溢奈良城。"鉴真的故事至今传为佳话。

明代徐霞客醉心于山川大泽。他遍游山河，留下了一部《徐霞客游记》，成为那个时代少有的地理学著作。

心理过墙梯

所谓"精神在一个地方，身体四处游走"，并不是随便说说。事实上，这是一种非常有效的生活方式。

当然，所谓"有效"是针对绝大多数人而言的。我们不否定，这个世界上的确存在着那种天生就带着一颗"七巧玲珑心"的天才，可以凭借极少的信息和见闻，靠着绝佳的天赋，加以重组创造。

但是对于绝大多数人来说，"精神在一个地方，身体四处游走"的方式，的确是一种高效率的生活方式。

迈开脚步走向别处

正如我们在思考一个问题时钻了牛角尖儿一样，有些时候地域会成为对我们身体的限制，如同思维定式对我们精神的限制。很多时候，迈开脚步走向别处，恰恰是我们打破生活迷局的明智之选。

心有所想

“看一步走一步”和“走一步看一步”，有着本质的不同。前者是在信息有限的情况下，努力活好当下。其特点是主动地应对生活中即将发生的各种变化。而后者则是在被生活推动下的一种消极处理。其特点是被动地接受生活的一切安排。

两者乍一看区别不大，但是，却会带来完全不同的效果，不只是对我们的生活，更会对我们的处事方式，乃至于我们的能力和性格产生不同的影响。

身体游历四方，心中要有坚定的信念；心有所想，就不会迷失方向。

4. 即便走万里，总是要回家

一天早上睁眼醒来，蓦然侧耳倾听，远处传来鼓声。鼓声从很远很远的地方、从很远很远的时间传来，微乎其微。听着听着，我无论如何都要踏上漫长的旅途。这也没什么不妥。毕竟听见了远方的鼓声。此时此刻，我觉得这是唯一使我踏上旅途的缘由。

——村上春树《远方的鼓声》

熟悉村上春树的人都非常清楚，村上春树是一个十足的个人主义者。对于村上春树来说，自我价值要高于家庭。至今为止，村上春树的足迹遍布全球。跟普通的旅行者不同，村上春树和太太阳子女士，每到一处几乎都是将所在地当作自己的家来经营。而且，至今为止，两个人始终没有儿女。

总有人会认为，这样的一个人，应当是一个十足的“浪子”。然而，无论是熟识村上春树的人，还是不熟悉村上春树的人，都可以从村上春树的作品中明显地看出，村上春树是一个多么深情的人。

对于村上春树来说，不管身在何处，不管走了多远，终点始终是家。如此说来，所有旅途，皆为归途，家园常在，心安常在。

在中国的文学之中，远方一直都是最大的热门题材。

“渡远荆门外，来从楚国游。山随平野尽，江入大荒流。”“南浦凄凄别，西风袅袅秋。一看肠一断，好去莫回头。”“海客乘天风，将船远行役。”

诸如此类的诗句不胜枚举。事实上，我们的传统是非常鼓励人远行的。只是在这些诗句中的远行，往往都充满了豪迈，或是悲怆，鲜有村上春树这样淡然、恬静，宛如潺潺细流一般的平和。

细细想来倒也不奇怪。如果只是耳闻村上春村所为，他们的情感难免会觉得他的精神造型应该是一个长着犄角、不安分的家伙。

实际上，村上春树与阳子从相恋到相守多年，足迹踏遍五洲四海。无论身在何处，他们的情感都仿佛涓涓流水一般，并不热烈，但是，却透着隽永和执着。或许，对于这样的人来说，家的存在感在心中，身处家人身边，那便是家之所在。

每个远行的人，都有着各种各样的目标。有的是为了见识世界，有的是为了生计奔波，有的则只是单纯地不想总待在同样的地方。目的不同，那么，在远行的过程中，心境自然也是不同。只是当我们去仔细品味这些不同的远行后，总会发现，这些看似不同的远行，却又仿佛带着某种共性。

“自嫌诗少幽燕气，故作冰天跃马行。”这样的人，是人生的勇者。于这首诗的作者黄景仁而言，精神上的升华，意识上的丰满，就足以作为一次远行的动机。冰天雪地，幽燕极寒的远方，就是他的远行目标。

“一去紫台连朔漠，独留青冢向黄昏。”站在广袤的大漠中，看着天边的一轮皓月，思绪飞渡关山，回想起家乡的月色。昭君的远行，带着一丝苍凉和悲怆。对她来说，故国家园，父老同胞，就是她远行的目的。

不管是对于村上春树、黄景仁，亦或是年代更加久远的王昭君来说，他们的远行目的或许各不相同。村上春树是为了更加自由和丰富的生活，黄景仁是为了一种精神上的契合，而王昭君则是为了家国大义，然而，即便他们远行的目的各不相同，我们也不难看出这其中的共同点。简单说来，所谓远行的真正目的，就是让自己的心灵得到安慰，让自己的执着得到满足。

而心，则是一个人最真实的家园。如此说来，对于他们而言，不同时空中的万里远行，从本质上讲都是心灵的回归。我们也可以从另外一个角度对这种说法加以论证。

弗洛伊德曾经将人的内心分为“本我”“自我”和“超我”。“本我”位于人格结构的最底层，由先天的本能、欲望构成。严格来说，“本我”是受肉体支配，不具备意识，无原则，无理性的一种人格结构。对于“本我”来说，生命存在唯一的价值，就是不断地满足自身的欲望。遵循的是所谓的“快乐原则”。而“自我”，则是位于人格结构的中层，是“本我”在满足的过程中被分化出来的一重人格。很多人认为，“自我”存在的最大价值就是通过遵循现实原则，调节“本我”“超我”之间的矛盾。“超我”，则是位于人格结构最高层的存在，是道德化的人格。它的作用就是抑制“本我”的冲动，对“自我”进行监控，以求能够更加完美地实现目标。

在对我们的人格进行剖析后，我们不难看出，所谓远行目标的不同，严格来说，可以说是人类内心不同的人格出于各自的特定需求而造成的。

也就是说，产生远行需求的缘由，即便存在不同，那也只是出自人类不同的人格层次而已。归根结底，远行的意义在很多时候都是为了满足内心深处的需求。不论需求最终落到何处，都要回到最初的起点，也就是我们内心的人格需求。

所谓心安即是归处，而远行万里，不过就是在寻找回家的路。

心理过墙梯

不管远行的目的、过程、结果如何，我们都无须对远行这件事情本身进行苛责。严格来说，远行万里和上班族每天上班，在本质上没有太多的不同。

当下有太多的人，在用远行来贩卖焦虑，仿佛困在原地，就是无能和失败的表现。事实上，选择权永远在自己手上。

常有人说，相由心生，境由心造。心境平和的人不论是留在原地，还是远行，都可以找到回家的路。

远行需要理由

所谓“说走就走的旅行”，本来是用来形容一种随性、自在的生活状态。事实上，对于生活的焦虑广泛存在于社会各个阶层、不同年龄段。焦虑不是我们远行的理由。远行是为了寻找失去的自己，而不是逃离生活。

回家的路就在脚下

“个人主义者”也好，传统的“家庭观念”浓重的人也罢，对于每个人来说，都需要一个心灵的归处。没有人希望自己变成无根浮萍，因为自在跟飘零是两种完全不同的事情。而所谓的家，未必就一定是传统意义上、依靠血缘维系的概念，而是须要时时铭记的心灵“归处”。

5 让它变成你的，比别人强大的原因

阴影是邪恶的存在，与我们人类是积极的存在相仿。我们愈是努力成为善良、优秀而完美的人，阴影就愈加明显地表现出阴暗、邪恶、破坏性十足的意志。当人试图超越自身的容量变得完美，阴影就下了地狱变成魔鬼。因为在这个自然界里，人打算变得高于自己，与打算变得低于自己一样，是罪孽深重的事。

——村上春树《1Q84》

如果说这个世界上存在一件东西，曾经引发无数人进行过长达上千年的探讨，且至今没有定论，那么，符合这样条件的事物之中，人性一定占据着一席之地。

对于人性的讨论，持续了太长的时间。从众说纷纭的观点中，我们可以发现，对于人性的认定，不同的人之间往往存在着非常明显的差异。即便是同一学派之中的不同个体，持有不同乃至于完全相反的观点也是非常常见的。

以东方儒家来说，孟子始终认为，人皆可以为尧舜，但同一学派的荀子，则始终秉持着性恶论作为自己的标志。

近代最为知名的鲁迅、胡适二公，在后人的评说中，认为鲁迅喜欢“挑人性的毛病”，胡适喜欢“挑制度的毛病”。而关于人性，鲁迅、胡适二人也曾经发生过争论。

再后来，最为主流的观点就是人性不能抛开阶级来探讨。而在当代，最被大众认可的一种说法就是人性是复杂多面的。对于我们每个人来说，在我们内心或深或浅的地方都存在着人性的阴暗面。我们生存的过程，就是人性中的两者不断博弈、妥协、斗争的过程。可以确定的是，不论博弈的结果如何，人性中的所谓善恶都不可能被彻底消灭。也就是说，生而为人，就注定了一生与善恶为伍。不管你是纠结挣扎，还是澄澈明悟，善与恶就仿佛光与影一样注定共同存在，直至生命尽头。

弗洛伊德从心理学的角度将人类的人格分为本我、自我和超我。那么，我们可以很清楚地看到，所谓善恶，无非就是本我与超我存在的印证。除了人性之恶，人性之中还存在着许多其他的弱点、缺陷，这是我们生而为人所必须面对和承受的。

不管是在东方还是西方，都有着很多诸如此类的传说和典故。

在东方的传统志怪小说和近现代的武侠小说中，都曾经提到一个叫作“罩门”的概念，指的是无论练就了多么出神入化的武功，身上总会存在一两处无法锻炼，以至于极易被人攻击的弱点。而这个弱点就叫作罩门。

而在西方的《荷马史诗》中，也有一个和罩门相似的概念——阿喀琉斯之踵。海洋女神忒提丝和英雄珀琉斯生下了半人半神的英雄之子阿喀琉斯。在他诞生后，忒提丝从命运女神那里得知他会战死，就用天火烧掉了他凡人的部分，用神膏代替，然后，将他的身体浸泡在生命之泉里。

只是海洋女神忘记了自己用手拎着阿喀琉斯的脚踝，导致他的脚踝始终不曾被生命之泉浸泡。于是，脚踝就成了阿喀琉斯唯一的弱点。而阿喀琉斯之踵，几乎就成了强者唯一弱点的代名词。

不难看出，不管是东方还是西方，人类不约而同地认定，真正的“完人”是不存在的。不管是东方那些武功出神入化的侠客，还是《荷马史诗》中半人半神的英雄，都势必存在着在各自的缺点。而且，对于个体而言，缺陷越少，仅存的缺陷往往越是致命。

有人认为人类的生存历史、文明进程都是在与自身的缺陷、丑恶进行争斗的过程中所衍生出来的一段段故事。对于现代人类社会来说，文明进步最重要的两个标志并不是代表着技术进步的工业革命，而是大航海时代和文艺复兴。

前者破天荒地将这个星球上绝大多数人类的聚居地联系在一起。而文艺复兴则代表着一种全新的价值观以及生存方式的诞生。从这一点上看，我们似乎可以更加确定地相信，人类的自信自强之路从来都是始于心中。正如之前我们曾经说过的，光与影不是被割裂开来的独立概念，而是对立统一的整体。所以，不管是人性中的丑恶也好，还是人类自身的缺陷也罢，这些东西不应该只是被抗拒。很多时候，学会利用弱点和缺陷，往往也是我们取得进步的惯用手法之一。

也正是因为人性之中存在着贪婪和懒惰，所以人类才会不断地进行技术革新以便可以高效地从自然中攫取价值，同时，更多地利用机械来提升效率和节省人工。当人类的物质得到极大丰富之后，人类的道德水准就会同步提升，人类的价值观也会进一步健全。这个时候，我们就会反过头来重新保护自然。不要觉得这只是一个充满讽刺的故事，事实上，这种此消彼长的平衡广泛地存在于自然界中的各个领域。

很多时候，催动我们昂扬向上的不只是人性，还有内心中那些美好的东西，即便是负面的东西，经过正面的引导和催化之后，同样，也有可能成为推动我们变得更加完美的东西。

弱点和缺陷，很多时候，都可以成为我们更加强大的原因。

心理过墙梯

在电影《教父》中有一句经典名言：“一个人只能有一种命运，但人格却可以是多重的。”

事实上，不管是豪门贵胄，还是贩夫走卒，每个个体往往都存在着不同的面；正是因为有不同的面，人才能够被称为一个完整而立体的人。

接受自己的负面

事实上，最须要我们深入了解的往往是我们自身，只是我们时常缺乏这方面的自觉。当我们面对那个负面的自我时，请不要只是一味地沮丧，至少这代表你已经更加深入地了解自己，并且，可以更加清楚地意识到如何才能成为一个更好的你。

利用自己的缺陷

科幻作家刘慈欣在《吞食者》中曾经做过这样的一个设定，月球作为地球的卫星，在一定程度上影响了地球宇航科技的发展。

然而，当吞食者到来的时候，月球这个硕大的卫星却被人类利用，成为抗击吞食者最有利的武器。

生活中，弱点转变成长处的例子不胜枚举。只要你学会利用自己的缺陷，就可以让自己的生命更加完整而丰富。

永远不要被击倒

接受人性中丑恶存在的客观事实，并不等于纵容丑恶。我们要善于发现丑恶，发现缺陷，从而弥补、利用、控制；而绝对不是沉陷于丑恶和缺陷。弄清楚这一点，至关重要。

6. 认识最初的痛，换取最后的快乐

I can bear any pain as long as it has meaning. 我能承受任何痛苦，只要这种痛苦有意义。

——村上春树《1Q84》

曾经有人戏言，以液体而论，越是让人类痴迷的液体，往往就越是苦涩。不管是烈酒还是浓茶，亦或是可以治疗伤痛的药水，无一不是苦涩至极。然而，这些东西却使很多人趋之若鹜，甚至有人戏称人类就是在苦水里面泡大的。

当我们为这样一句戏言而微微扬起嘴角的时候，不妨去想象一下，或许我们原本就还没有来得及分清楚“苦”“甜”的确切定义。

事实上，很多时候，我们都不是很清楚所谓的苦和甜到底意味着什么。不同的个体之间，对于苦和甜、痛苦和快乐的定义各有不同。甚至，同一个个体，在不同的时期，或者同一时期，不同的境遇下，同样也有着不同的概念。与其一概而论地去讲述一个痛苦的故事，倒不如说我们在学习如何承受；想要懂得如何承受，倒不如先学习如何认识最初的“痛”。

韩国作者姜龙洙曾经在作品《叔本华：快乐与痛苦的故事》中进行过相关阐述。书中的德国哲学家亚瑟·叔本华是一个著名的厌世主义者，他否定人生的意义，宣扬自杀合理的理论。只是此人并

未自杀，甚至最终活到了七十二岁的年纪，寿终正寝。

事实上，从这个例子中我们不难看出，世界上并不存在绝对意义上的痛苦。当我们为了达到某一个目标，而去承受一种痛苦的时候，那么，这个时候，痛苦就会变得不那么难熬。在一些极端条件下，如果加入理想主义情怀，痛苦真的有可能变得“甘之如饴”。

南宋末年，文天祥被俘。在元朝的监狱中，他创作出了《正气歌》这样千古传唱的作品。里面有一句经典的诗句：“楚囚缨其冠，传车送穷北。鼎镬甘如饴，求之不可得。”所谓鼎镬，指的是极端严酷的刑罚。但是，倘若心中抱定了信念和情怀，对于文天祥这样的人来说，做到“甘之如饴”也就十分正常了。

在第二次世界大战中，列宁格勒遭到纳粹德国军队的重兵围困。丧失人性的纳粹军队，认为在占领了列宁格勒后，这座城市庞大的人口将会成为他们的累赘。所以，纳粹军人们提出了以时间和战争来削减列宁格勒庞大人口的计划。他们断绝了这座城市几乎所有的物资供应，并且，对这座城市发动了疯狂的攻势。

如果说世界上有“人间地狱”的话，那么，当时的列宁格勒就是其中一个。成年男性军人，每天只有一百四十五克的黑面包，加上连油星儿看不见的扁豆汤作为口粮，却要承受着强度极高的战斗任务。围城期间，这座英雄城市的人口锐减了一百五十万。遍地饿殍在这里成为现实。然而，在这期间，当作曲家肖斯塔科维奇将一份“肖七”的乐谱空投到这座城市时，那些正在死亡边缘挣扎的乐团成员集中到了剧院。整个晚上，形销骨立的人们盛装出席了这场音乐会。乐团成员用这首英雄的曲调来鼓舞这座城市的幸存者们，并且坚持到了这座城市解围的那一刻。

古今中外，我们经常可以见到这样的案例，那就是某个人的生活现状，似乎充满着各种苦难和折磨，但是，支撑着人们坚持活下去的往往就是苦难之后的希望和甜蜜。不管是叔本华，还是文天祥，亦或是在列宁格勒废墟中忍受着饥饿坚持的人们，他们心中都有一个比苦难的现实甜蜜的未来。

尽管在某些时候，一些人未必能够坚持到甜蜜的未来，然而，希望永远是人类生存下去的理由。只要希望存在，人类坚持下去的动力就永远不会枯竭。孟子曾经说过："故天将降大任于斯人也，必先苦其心志，劳其筋骨，饿其体肤，空乏其身，行拂乱其所为，所以动心忍性，增益其所不能。"在孟子看来，上天似乎已经将希望和苦难，这两个看上去相互对立的事物紧密地联系在了一起。这个观点，乍看上去似乎颇令人费解，然而，当我们仔细品味之后，就会发现这其中所阐述的道理，的确充满了相当强大的说服力。

所谓希望，是人类对未来所抱有的一种更加美好的期待。在我们抵达美好未来之前，必然要经历一个苦难的过程，就仿佛登上绝顶之前必然要忍受道路的崎岖陡峭。只有历经风霜之后，才能够淡然地去欣赏雨后的彩虹。

一如村上春树在《1Q84》中的这句话："我能够承受任何痛苦，只要这种痛苦有意义。"

只要找到了意义的所在，我们就能够找到让自己坚持下去的理由。并且，在这面旗帜下，去搏击汹涌的风浪。痛苦并不只是一种单纯的负面感受。如果一定要承受痛苦，那么，就请一定要找到痛苦存在的价值。只要这种痛苦有意义，痛苦就会成为你升华自己的催化剂，也就会成为你前进的阶梯。

心理过墙梯

事实上，古往今来，有着太多的典故、寓言在告诉我们承受痛苦的价值所在。但是，痛苦之所以是痛苦，在于我们在承受这种感受的时候，必然会感到无比困难。这种困难或是有形的，或者是无形的，总会让我们有一种难以坚持的感觉。

然而，痛苦过后，迎来快乐的希望，就是帮助我们继续坚持下去的最好利器。时时抱着希望，尝试着在痛苦之中体会升华的感觉，则可以帮助我们更加顺利地度过这段难熬的时光。

苦中作乐

苦中作乐是人们的一种生活态度。要想树立这种人生态度，就需要人们用心去发现生活中的点滴美好。只有善于发现事物的美好，你在拼搏的过程中才能不被艰难险阻压倒。当你的内心关注的全是美好的事物时，困难就会于无形中被淡化了，这就是苦中作乐的作用和意义。

给自己希望

曾经有一个故事讲述了一个坠机后的幸存者靠着最后一壶水走出沙漠的事情。幸存者拎着一只水壶，坚持着没有喝水。等到了村落打开盖子时，他才发现，原来水壶里面灌满了沙子，一滴水也倒不出来。

有的时候，希望的作用就是这么重要。它可以让我们拥有更多的勇气和底气，去面对困难的环境。

Chapter 9

寻找最初的故事

为何要寻找最初的故事？想必很多人都清楚，就是为了让最初的故事跟现在的认知做一个对照，看看自己到底成长了多少。而如何寻找，寻到之后又怎样去对照现在，这都是很有讲究的。在这里，本章将带你回到过去，对照现在，来一次质的飞跃。

1. 随性，一切潜能都会被放大

有什么就害怕失去它。一无所有，又担心会永远一无所有。每个人都一样。

——村上春树《且听风吟》

“有什么就害怕失去它。一无所有，又担心会永远一无所有。每个人都一样。”这句话出自《且听风吟》。这是一个关于恋情的阐述，村上春树以第一人称写了这本书。当失去了邂逅的女孩后，主人公无比惆怅，便开始发出这样的感慨。

人们都说，每个人都有一条属于自己的胡同，走进去，无法转身。很多事情，明知没有希望，没有结果，明知此路不通，却总是抱着不撞南墙不死心的侥幸心态前行。走了很久，发现前边的确横着一道高墙，自然不能像直性子路飞一样一拳把它打飞，只能望墙兴叹，悲哀地盯着墙上的天空，不甘心回去，又无法前行。村上春树说过这么一句话：“每个人都有属于自己的一片森林，迷失的人迷失了，相逢的人会再相逢。”死胡同，还是迷失森林？也许，还是迷失森林更温暖一些吧。

村上春树的文字，像是把人们隐藏的一部分，剔出来过成了生活一样，平静，直白，不刺挠，所以很有魅力。所以，我有时会想，文字的魅力，也许正是因其呈现了生活的隐秘部分。

也有人说过，性格决定命运。人类的万千个体之中，存在着各种各样不同的性格。有的可以举重若轻，随行自由。有的则沉着持重，喜欢审慎而行。

曾经有人认为，对于生命而言，恐惧和紧张是一种最没有存在必要的情绪。这种情绪会让我们变得畏首畏尾，甚至为了一些无谓的事情而束缚住自己的手脚，从而白白地丧失掉许多的机会。后来，甚至有人专门为此做过这样一个实验，想要测试性格对于生物行为的影响。实验的对象是一组小白鼠。

对于啮齿类动物而言，当它们来到一个陌生的环境时就会出于本能对环境进行探索。而探索的效率和程度，就被研究人员定为了量化“生命价值”的一个标准。

实验人员在模拟的陌生环境中安装了大量的传感器，以此来评估小白鼠对陌生环境的探索速度。研究人员先是将小白鼠分成了实验组和对照组。对于实验组，研究人员以化学手段影响了小白鼠神经递质的分泌，而最终效果就是让小白鼠失去感受恐惧的能力。很快实验组就产生了惊人的变化。实验组小白鼠探索陌生环境的能力是对照组的三倍以上。到了第二天，实验组的探索速度甚至要比之前更高。实验人员意识到，他们有可能发现了一种可以迅速提高工作效率的方式。但是，就在第三天清晨，实验组小白鼠出现了死亡案例。那些小白鼠在失去了感受恐惧的能力后，似乎也失去了自我保护的本能，在这一天出现了不止一个高空坠亡的事件。

这场试验掀起了一场争论，那就是人类到底是要生活得更加严谨一些，还是要更加随性自由一点。

事实上，在我国针对所谓“随性”和“平常心”也曾经有过相关的探讨。在 2000 年，冲击世界杯四十四年无果的中国国家足球队迎来了神奇教练米卢。和之前那些大牌教练不同，米卢致力于将“快乐足球”理念带入我们这个国度。同时，这也是第一次让我们意识到了心态对于结果的巨大影响。

时过境迁，如今的我们已经能够明白过来，足球比赛的结果其实是心态、技术实力、后勤保障等多种因素共同作用的结果。人们已经不再盲目地去追捧米卢的“快乐足球”理论。但是，他的那句“态度决定一切”的名言，却依旧让很多人记忆犹新，难以忘怀。米卢让我们认识到了随心随性的重要性，但是，这种心态的存在对于我们的影响作用到底有多大呢？

如此说来，倒不如让我们去看一看另外两个例子。

在浩瀚的中华历史中，曾经诞生过若干个“文正公”，但是，这个称谓在很多时候，是特指其中某个人的。这个人就是鼎鼎大名、留下了《岳阳楼记》这样的千古名作、且在北宋政坛上叱咤风云的“范文正公”范仲淹。在范仲淹的《岳阳楼记》中，曾经有这么一段令人深省的文字：

予尝求古仁人之心，或异二者之为，何哉？不以物喜，不以己悲。居庙堂之高，则忧其民，处江湖之远，则忧其君。是进亦忧，退亦忧。然则何时而乐耶？其必曰“先天下之忧而忧，后天下之乐而乐”乎。

这段文字中，“不以物喜，不以己悲”一句，让人仿佛身临江畔高楼，顿时拥有了一种超然物外的情怀。然而，就在这个时候，范仲淹却忽然之间话锋一转说“是进亦忧，退亦忧”。这样的反差，着实让很多人在初读这篇大作时，有了一种迷惘的感觉。想要理解这种“反差”，我们倒不妨去看看范仲淹之前的另一位先贤大德。

晋时的陶渊明在我们这个“学而优则仕”的国度中堪称一个奇葩。陶渊明入仕的时间极短，而且，他做官的时候，也不过就是一个品级极低的小官。最终由于“不为五斗米折腰”，他抛弃了官职，离开了官场。

聊渊明这样一个出仕时间极短的人，却能够成为后世知识分子的精神标杆，的确是一个异数。他之所以能够做到这一点，是因为他的行为体现了广大中国知识分子心中的“隐逸”情怀。他以自己的操守、情怀，捍卫了知识分子的尊严和价值，从而成了万众膜拜的偶像。

我们来对比一下范仲淹和陶渊明二人，分析一下二人的异同，似乎就更加理解随心随性的生活方式了。两个人在仕途上，层次差异极大。范仲淹曾经可以称得上是权倾朝野。而陶渊明自始至终都是政坛上的路人甲。但是，两个人都曾经在仕途上受到了几乎被全盘推翻的毁灭式打击。只是前者选择了笑看并坚守，而后者则选择了淡然地放弃，并且，去追逐自己喜爱的生活方式。

如果一定要给两个人下一个判词的话，我们发现，两个人对于仕途失意的处理方式虽然不同，但是，显然都是“随性”的结果。范仲淹和陶渊明的随性都是在一定的框架下建立起来的一种更加释然的生活态度。

而在实验中，那些被破坏了神经递质的小白鼠，则是陷入了一种病态的无畏状态。最初，它们看上去张牙舞爪，仿佛充满了战斗力，但这只是一种假象。因此，只有随性而为，才可以让我们更加强大，无论面对何种突变和打击，都能够坦然以待。

周敦颐在《爱莲说》中，曾经评价过牡丹、菊花、莲花等植物代表的不同的生活态度。但是，无论是热烈尖锐地去应对，淡然隐逸地超然物外，还是不温不火地坚持，这些态度都是随性所创造出的不同选择。

心理过墙梯

随性是一种可以让我们更加潇洒自在的生活态度。只有在宽松的心理状态之下，人才能激发出无穷的创造力和想象力。

随性不是放肆

我们一直在为这个丰富的世界而喝彩，但是，丰富带来的结果就是让我们存在的世间有着太多似是而非的概念。

随性和放肆就是如此。所谓随性，是一种淡然、超然的处事标准，而非全然不顾，抛弃了责任感和理性的癫狂。

只有分清楚随性和放肆之间的差别，才能让自己的精神世界做到真正自由。

随性不是消极

正如我们不能将随性理解为放肆一样，同样，我们也不能将随性理解为消极。

我们都知道，道家曾经提出“随心随性，无为之治”的理论。只是这样的理论，却被解读为消极应对。

要知道，顺其自然和消极应对，本身就是两种完全不同的概念。前者是在精准掌控各种条件的情况下，做出的明确选择。而后者则是由于懒散或者胆怯而盲目做出的放弃行为。

让自己轻装上阵

正如范仲淹在“是进亦忧，退亦忧”的同时，也可以做到“不以物喜，不以己悲”。前者在战术上，重视客观存在的困难和风险；而后者则在战略上，让我们藐视人生中的一切苦难，勇往直前。

2 寻找每一次感动，累积每一次能量

然而，十几岁少男少女的恋爱，恰似身边掠过的清风。他们涉世尚浅，做起事来也毛手毛脚。然而，正因如此，才对凡事都充满着新鲜和感动。

——村上春树《就像恋爱中的人一样》

对于我们而言，一颗敏锐的心真的是一件非常珍贵的宝物。

青涩年华的爱恋，或许远远没有电影里面轰轰烈烈、惊天动地的情感来得激烈；但是，这就好像是一条潺潺流动的溪水一样静谧无声，却又赏心悦目。一次婉转回眸，一阵掠过身边的清风，这些最最微不足道的细微之美，都让我们怦然心动，感到无比新鲜。而这每一次的心动都似乎是在为我们人生的引擎积蓄动力，一次一次地让我们奋发起来。只是在如今的这个世界中，似乎有很多人正在一点一点地失去感动的能力。

一个精通理科的学生屡屡在语文科目上败北。他尝试着去向班上的语文尖子请教。这位同窗告诉他，学好语文除了应注重对于语法和词汇的积累之外，最重要的就是在生活和阅读中保持一颗敏感的心，时时发现细节处的感动，保持倾诉的冲动。并且，同窗热心地为他推荐了一些书目。

几天后，当这位语文尖子跟理科优等生交流时，却看见他在一本欧·亨利的小说上画满了圈圈点点，用理科生的细致和条理为这

篇小说划分段落，整理中心思想。语文尖子哭笑不得地看着这一幕，良久无语。

当我们阅读《麦琪的礼物》时，却没有将注意力放在小夫妻那份相濡以沫带给我们的感动上；而是将所有精力全都用来为这篇文章分段、概括中心思想，内心里假设考试中应该如何才能获得高分，这不得不说真的是一种悲哀。

丘吉尔曾经说过："心中的抑郁就像只黑狗，一有机会就咬住我不放。"

所以，在这句话出现之后，黑狗便成了英语世界中抑郁症的代名词。患有抑郁症的人，仿佛被一只黑狗每天跟随，时不时就被咬上一口。

生活仿佛失去了光亮一样，双眼明明可以看得到这世间最为丰富的色彩，但是，却已经无法用内心去感知这些色彩的美妙。有的时候，人真的会失去感动的能力。这种情况，有的时候是心理上的障碍，有的时候则是单纯的生理疾病。但是，不管是心理还是生理，这种病让我们不再感动，不再为这个世界，不再为我们身边的人们喝彩。生命就仿佛一条失去了方向的孤舟，独自在广袤无垠的海面上打转儿。这是一种何等悲凉的画面。只要一想，就仿佛有一种彻骨的寒冷将我们的身体包裹住，让我们无法呼吸。因为感动，本身就在为我们累积人生的意义和生存的价值。

我们只能说，一旦发现自己失去了这种能力，请千万不要任由这样的情况发展和恶化。或是调整自己的心态，让自己可以正确地面对自己的生活；或是进行医学上的治疗，来重塑自己的感动能力。

在系列剧《世界奇妙物语》中，有这样一个故事。一个"厌世"

青年，为生活的压力和贫困所折磨。他认为人生的存在就是在受苦。但是，一次奇妙的际遇让他和一位拥有庞大身家却饱受病痛折磨、垂垂老矣的老人交换了身体。富豪老人得到了年轻的身体后，即便须要忍受贫穷和压力，却依旧在感恩自己重获新生。而青年虽然住在豪宅中，却感受到了真正的绝望和悲凉。有时候，我们看似失去了感动的能力，失去了发现身边美好事物的能力，只是因为我们蒙蔽了自己的双眼而已。

不管怎么样，请打破这遮蔽了我们双眼的障碍。因为只有这样，我们才能洞察前方的危险，避开泥沼和陷阱，在人生的道路上快速驰骋。

心理过墙梯

很多时候，我们将一些脍炙人口的话语挂在嘴边，却从来没有去深刻地体会这些话的含义和价值。所谓“生命常在，感动常在”就是如此。在我们的生命旅途中，总是千回百转，喜忧参半。我们路过高山，路过湖泊，路过森林，路过沙漠，路过人们的城堡和花园，路过幸福，路过痛苦，路过温暖和眼泪，路过生命中漫无止境的寒冷和孤独。

但是，不论如何，请好好地体会一下，我们从未知混沌中，获得了光芒一般的生命，才得以呼吸空气，饮用水源，吃下食物。这一点一滴的体会，一点一滴的感动，请将它珍视起来。不要为了眼前的遭遇，而放弃一切，因为生命的价值，远不只是我们眼前的这一小片所见。

寻找生命的价值

只有真正重视生命的人，才会努力地发掘生命中的美好。事实上，对于我们每一个个体而言，人生不过就是一段数十年的短暂旅程。

或许我们没有办法搞清楚，我们从何处来，将要到何处去，那么，请珍惜眼下，在这短暂的数十年中努力生活吧。

既能体会欢欣鼓舞的快乐，又能感受悲伤和失望带给我们的刺痛，这就是生活。生活在这个世界上，将每一种情感体会积累起来，让它们化作波浪，将我们推向彼岸的未来。

为生活制造惊喜

人类拥有着很多其他生物所不具备的特权。我们的头脑结构决定了我们可以通过行为来影响自己的情绪。那么，就不要浪费这一点儿宝贵的天赋。

假如你觉得生活处处灰暗，无处感受那种悸动，那么，就请主动地拥抱生活，去为自己寻找一些不同寻常的经历吧。

只要不触犯法律，不伤害他人，这广袤的世界就是你自己的舞台。只有上天才会有这样大的手笔，交给我们这些幸运儿一个如此庞大的游乐场和这么充裕的时间。

享受吧，体会吧，这是我们每个人的权利，也是我们每个人的幸运。

3. 回忆每一段故事，加深对事物的认识

每一次，当他伤害我时，我会用过去那些美好的回忆来原谅他；然而，再美好的回忆也有用完的一天，到了最后只剩下回忆的残骸，一切都变成了折磨，也许我的确是从来不认识他。

——村上春树《挪威的森林》

经常会听人说，一旦上了年纪，就会越来越喜欢回忆。或许是因为成长所带给我们的感触，在累积之后缓慢发酵，让我们循着那一抹带着微醺的香气，遥望往日的人生。

记忆中的人和事，很多都已经不再清晰；慢慢地，那些切实存在过的故事，那些欢笑、感动、悲伤，都已经抽象成为一个符号，一种感觉，被封存在我们的脑海深处。

曾经有人说过，历史其实就是一个民族的回忆；而回忆，也就是一个人的历史。

我们被无数次地提醒追忆历史、铭记历史。相对历史的被重视，却绝少有人提过回忆有多么重要。

诚然，相比于民族、国家，我们个人都是一个个可以被忽略不计的微小个体；但是，对于我们自己来说，有什么比我们自身更加重要呢？

人类总是在追本溯源。但对于普罗大众来说，那些人类学的课

题距离我们实在是太远。有时候，在生活的闲暇中，将自己的点点滴滴在心中重新再现出来，反而更加让人觉得温暖和安稳。

文学，之所以能够成为七大艺术形式之中最重要的组成部分，大部分原因是文学具备这样的特征，那就是一群人的集体回忆。

以个体的经历、故事作为载体，记录着另一个年代，亦或是另一种完全不同的环境中人类个体的境遇和观感，最终引发一个集体的共鸣。

当越来越多的人，为了这样的艺术而痴迷的时候，就可见在我们的内心深处回忆是一种何等重要的事物了。

正如村上春树在《挪威的森林》中借助人物之口说出的那句话："再美好的回忆，也有用完的一天。"虽然回忆无法完全承载我们对于人生的依恋和寄托，但是，谁说回忆一定是美好的吗?

作家普鲁斯特就用了一种"意识流"的手段创作了脍炙人口的文学作品《追忆似水年华》。

在这部作品中，我们很难说什么是故事主线，而故事的波澜和高潮又在什么地方出现。所谓凤头、猪肚、豹尾之类的结构，完全消失不见。这就好像在故乡小巷中的小餐馆里，聆听着窗外淅沥沥的雨声，面前放着一碗冒着热气的汤面，听着正在小酌的客人们说起家长里短。他们谈论的事物必然没有什么高度，甚至也谈不上什么价值。但是，就是这种琐碎而真实的感觉，却让人感受到如此的温馨和迷恋。我们的回忆也是如此。当我们闭上眼睛，将往日那些记忆碎片重新整理编织后，就仿佛在温暖的旧时光里沐浴一般，一如方才所说，回忆中有温馨，有美好。同时，也必然会存在着感伤、愤怒等不一而足的负面情绪。

但是，不管怎样，这就是我们的过往。有勇气去敞开心扉，拥抱过去的人或许才能够真正地放下负担；用平和淡然的眼光去看待未来的路，回忆每一段故事，整理自己的人生，去感恩那些让我们感到幸福和快乐的事物，同时，也铭记生活，或者他人给予我们的伤痛。纪念也好，警醒也罢，回忆作为每个人积累起来的、追随一生的财富，从来都不应该被我们弃之不顾。回过头来，品味那一杯只属于你的旧茶，好好踏上后来的人生。

正如童话中，在森林里扔面包屑的小男孩，重拾过往，才会让我们找到回家的路，也会让我们更清楚自己要走向何方。

心理过墙梯

喜欢回忆，是我们每个人的共性。事实上，回忆对于我们大多数人来说，本身就是一种非常自然的本能反应。

人总会下意识地试图留住时间，然而，时间自然不会为了我们某个人而刻意停驻。那么，留在指缝之中的也就只剩下回忆了。

我们承认，回忆有美好，同时，也有消极，甚至是丑恶。但是，作为我们生存过的证据，回忆不应被丢弃。

除去少数的极端情况，回忆在绝大多数时候都可以对我们今后的人生起到指引性的作用。

不要沉溺过往

美好的回忆，是我们人生之中可遇而不可求的礼物。只是有的时候，越是美好的回忆，往往越会给我们带来一些麻烦。

如果不是沉溺在童年的美好时光之中，或许彼得·潘已经选择了成长，而并非变成了一个不伦不类的小东西。

时光总是向前的，头脑之中永恒地镌刻着过往的美好，但是，却绝对不能沉溺在这美好之中难以自拔，亦或者是时时处处都在将曾经的美好和现状进行对比。

回忆是用来纪念，用来警醒，而不是用来让我们追悔，让我们沮丧的。我们只有弄清楚这一点，才不会在回忆中陷入歧途。

勇敢面对负面的回忆

很多时候，我们对于负面的回忆，会选择性遗忘。这也是生物进行自我保护的一种本能。

然而，除了极少数的极端情况，须要我们通过彻底地隔绝记忆的方式来让自己免遭创伤后遗症的侵害。

在其他情况下，勇敢地面对负面回忆，也是一件非常重要的事情。因为只有当我们具备充足的勇气，去面对过去那些令我们感到不满、尴尬、愤怒、悲伤事情的时候，才能够证明，我们已经真的从这种负面记忆中走了出来。

如此一来，我们才算是真正地放下了负担，轻装上阵。

4. 检阅当下，对比过去

我一直以为人是慢慢变老的，其实不是，人是一瞬间变老的。

——村上春树《舞！舞！舞！》

生命和时间仿佛是两条平衡线，生命继续，时间也会继续。但是，记忆和时间怎么都不会是平衡线。因为记忆可以让时间缩短，可以在某个时间点追忆往事。当这种回忆进行时，你就会感觉时间是如此不对等，记忆里的事情就仿佛昨天刚发生过一样，所以便有了“人是一瞬间变老的”感觉。

当“人是一瞬间变老的”这种感觉过后，你会不自觉地检阅当下，也会不自觉地拿现在对比你的过去。正是有了这种检阅与对比，人才能成长。

在当代繁忙紧张的生活节奏之中，我们都在低着头、心无旁骛地匆匆赶路，却总是忘了跳出眼前的狭窄格局，去重新审视一下我们的现在和过往。在经过一番透彻的审视之后，让过往和当下的自我毫无顾忌地进行一次深刻的比较。

曾经有人说过，一个人想要让自己变得更强，那么，最好的对手就只有自己。人生在很多时候是需要参照物的。努力审视当下的自己，并且，与过往进行对照，往往会给我们带来新的启迪。

《论语·学而》中曾经有过这样一段记录：

曾子曰："吾日三省吾身，为人谋而不忠乎？与朋友交而不信乎？传不习乎？"

这句话的意思，翻译成白话文就是：我每天多次反省自身，为人办事是否尽心？和朋友交往是否言而有信？老师传授的学识，可曾温习？

曾参，这位孔子的弟子每天都用这三个标准来审视自己，以期对自己的言行做到检视和敦促。

从这一点上看来，至少在东方是存在反思自身传统的。而除了像曾参这样，每天以同样的标准来检查自己之外，与过往的自己进行对照，同样，也是我们提升自己、约束自己的方式。

唐太宗曾经有过一句流传千载的名言："夫，以铜为鉴，可以正衣冠；以古为鉴，可以知兴替；以人为鉴，可以明得失。朕尝保此三鉴，内防己过。今魏徵殂逝，遂亡一鉴亡矣。"

从唐太宗的言辞中，我们可以明确看出，他对于警醒自己的"参照"是何等重视。将当下的国家和过往的国家进行对比，将当下的自身与过往的自身进行对比。诸如此类，都是在对比之中寻找出路。

在现代科学实验中，最为经典，也是最被认可的研究方式，叫作"控制变量法"。严格来说，就是在相同的条件背景下，对于不同的样本，改变其自身具备的某个特殊属性，然后，进行对照。

被改变了属性的，往往被称为实验组；而未被改变属性的，则被称为对照组。通过实验组和对照组比较以此来分析结果，得出结论。

事实上，从这样的研究手段中，我们是不是也可以感觉到对比的作用呢？

换个角度来看，现在的我们也可以被看作是一个进行了某种程度改变的实验组，在与过往的我们进行对照，分析自身变化带来的改变。

因此，研究科学理论的方法，完全可以照搬到我们的人生成长过程中来。

时间是无情而公平的，不管我们是否愿意，不管我们是否做好了准备，我们的身体和生命都在随着时间被推向前方。

而正是因为时间拥有如此客观而又精准的刻度，才让我们得以放心地以时间为标准来审视自我，检查自我，认识自我。

我们要清楚，自我的意识是在随着时间不断成长和发展的。将当下和过往进行对比、分析，是一件非常重要的事情。但是，我们要提醒自己，我们对照，是因为我们须要将对照的结果拿来运用，而不是让这种结果来影响我们的情绪和认知。

我们需要时常有一种村上春树所说的“人是一瞬间变老的”感觉。也只有这样的感觉，才能促使我们对照过往，了解当下，你才能对当下做出正确的判断。

心理过墙梯

过去和当下，可以为我们提供丰富的信息。我们可以凭借这些信息，来作为我们选择将来道路的判断依据。不难看出，在村上春树的作品中，许多主人公都曾经利用这种方式来进行命运的抉择。然而，人心总是容易被蛊惑，而记忆也是最具有欺骗性的，所以，我们在检阅当下和对比过去的过程中，所须要注意的细节还有很多。

保持情绪的平和

少不更事，年少轻狂，这样的词汇总会伴随着我们的成长。犯错是每个人在成长中必然经过的一个过程。只是因为每个人情况的不同，所犯下的错误轻重不一而已。

然而，但凡有错误，在我们对过往进行审视、比较时，就很容易触碰到心底最敏感的那根心弦。

愧疚、羞耻、后悔、懊恼，这样的情绪，或许会在对比的过程中出现，将我们包裹，让我们感受到纠结和痛苦。

在这个时候，我们就必须要明白一件事情，昨日种种昨日死。过去发生的事情，我们都将会为之付出代价，但是，这并不意味着我们要背负着心灵的包袱度过一生。

客观冷静地面对对比结果，让结果为我所用，这才是强者的处理方式。

不要被自己欺骗

过去会影响我们的情绪，而有时主观上的情绪，也会让我们对过往的认知产生偏差。很多人都曾经说过，记忆是一种充满了欺骗性的东西。

有时候，我们会刻意地回避记忆，让它变得模糊不清，或者充满了压抑、恐怖色彩。而有的时候，我们出于对某段时光、某个事件、某个人的情感而刻意地去美化一段记忆。回避和美化同样可能会影响我们，让我们无法做出中肯的判断。

冷静、理智地去回想过往，就仿佛一台没有感情色彩的电脑调取过往的存储。在这个时候，即便是做一些功利性的操作也无不可。毕竟未来才是我们真正要抓住的。